Dominic Diamant

MELANCOLIA DE LUX

Dominic Diamant

MELANCOLIA DE LUX

Coperta: Ion Vincent Danu

ISBN: 978-0-359-55849-0

Editura SAGA

- Însemnări de tot rabatul -

„ Într-adevăr, nicăieri nu vei putea găsi o putere de înţelegere mai rapidă, o minte mai deschisă, un spirit mai ager, însoţit de mlădierile purtării, aşa cum o afli la cel din urmă rumun. Acest popor ridicat prin instrucţie ar fi apt să se găsească în fruntea culturii spirituale a Umanităţii. Şi ca o completare, limba sa este atât de bogată şi armonioasă, că s-ar potrivi celui mai cult popor de pe Pământ. Rumania nu este buricul Pământului, ci Axa Universului"
Alfred Hofmann

Cât de frumoase şi empatice cuvinte, cât de adevărate !

Îmi propusesem să renunţ la scris, conştient de faptul că nu m-am remarcat şi nu am fost recunoscut pe plan naţional. Am considerat că e inutil să mă mai hazardez în universul creaţiei, atâta vreme cât scrisul meu seamănă cu o moară care macină în gol.

Dar, spre propria uimire, nu mă pot ţine de promisiune, întrucât ar însemna să renunţ la cel ce sunt, la viaţa şi preocupările mele. Aşa că, fie ce-o fi, îmi continui aventura, aşa gratuită cum este şi fără vreo pretenţie de a fi luată în seamă de cineva. Titlul ales tocmai aceasta vrea să exprime, trădând şi faptul că nu renunţ la un anumit orgoliu.

Consăteanul meu stabilit în oraşul Călăraşi, Alexandru Filip Oblu, ctitorul religiei Deoumaniste, mi-a trimis pe e-mail ultimele lui pagini, pe care le-am şi citit, acordându-i şi câteva cuvinte de apreciere şi încurajare.

În paginile trimise face referire şi la citatul şi autorul de mai sus, un om de ştiinţă elveţian, un adevărat şi entuziast susţinător al fiinţei neamului nostru străvechi.

După umila mea opinie, nimeni nu a reuşit, în atât de puţine cuvinte, să exprime atât de frumos şi realist identitatea fiinţei noastre naţionale, forţa unică a acestui popor binecuvântat de Dumnezeu. De aceea am şi extras citatul şi l-am pus drept motto al acestor pagini.

Nu ştiu ce voi mai scrie în continuare şi nici nu-mi fac probleme, important rămâne faptul că nu renunţ şi rămân în priză.

♦♦♦

Nici că se putea ivi un prilej mai fericit pentru a vedea şi a mă dumiri care e secretul cu scrisul- scrierea şi a mă considera, prin acest fapt, un privilegiat.

Pe siteul Contributors din 11 martie 2018 ilustrul scriitor şi filosof Ioan F.Pop se întrece pe sine în articolul „Scrisul- devorarea sinelui", care este, de fapt, un lung poem în proză, realizat cu o maximă, intensă şi acută fervoare, o hermeneutică superbă şi, de ce nu, exhaustivă a actului de creaţie, o probă de magie scripturală cum rar se poate vedea.

Dacă acest eseu ar fi dispus în versuri ar rezulta un lung, antologic şi fermecător poem în proză, cu care literatura noastră s-ar putea mândri. Îmi displace encomiastica, lansarea în elogii halucinante, dar, de data aceasta sunt nevoit să-mi exprim admiraţia pentru ilustrul nostru contemporan.

Nu voi reproduce decât un citat, poate nu cel mai expresiv din articol, pentru a ilustra cât de fericit prezintă lucrurile autorul în chestiune.

„Să poţi cuprinde în chihlimbarul scriiturii un fragment de timp şi spaţiu, să îl poţi trece mai departe în negura paginii, în dimineaţa neştiută a unui alt timp şi spaţiu- o şansă cât un blestem"

Dar, cum am mai spus, eseul abundă de splendide formulări aforistice pline de spirit şi înţelepciune. Iată că şi în Mamonia nasc oameni ! Dacă ilustrul nostru personaj m-ar prinde cum îi ridic mingea la fileu cred că m-ar strânge de gât fără cel mai mic regret. Însă ce vină am eu dacă el mă determină s-o fac ?

♦♦♦

Astăzi umanitatea a pierdut pe unul dintre cei mai străluciţi reprezentanţi ai săi.

Renumitul astrofizician englez Stephen Hawking, captiv de multă vreme în scaunul său, n-a mai putut răbda acest calvar şi şi-a luat zborul printre stele. Avea şaptezeci şi şase de ani. Deşi respectivul nu a recunoscut existenţa lui Dumnezeu, sufletul lui se va bucura de noua existenţă în infinita sferă a creaţiei Lui iar umanitatea, în rândul căreia mă înscriu şi eu, nu va ezita să-i ureze "Dumnezeu să-l odihnească şi să-l ierte pentru păcatele sale.!"

Adevărul, însă, e altul, după cum îmi spune inima. Văzând că lucrurile se complică tot mai mult, Marele Creator l-a chemat la El pentru a-i fi sprijin în coordonarea şi dirijarea lumii terestre, având în vedere că este cel mai avizat în această spinoasă problemă.

Tot astăzi s-a mai produs un seism în zona Vrancei cu magnitudinea de 4,7 grade pe scara Richter. Cu epicentrul la peste o sută de km. adâncime, a fost resimţit şi în Bucureşti. Bine că eu nu l-am simţit !

Diseară, la orele 22, fătuca noastră şi numărul unu mondial Simona Halep va juca în sferturile de finală la tenis cu croata Petra Martic. Hai Simona !

♦♦♦

După un meci dificil cu croata, care a durat peste două ore în trei seturi, fătuca noastră a câştigat şi s-a

7

calificat pentru semifinale(6-4,6-7,6-3)   , unde o va întâlni pe japoneza Naomi Osaka.

◆◆◆

De tot râsu-plânsul! Compatrioata noastră nomber one mondial la tenis Simona Halep a fost spulberată în semifinalele de la Indian Wells de japoneza Naomi Osaka în două seturi cu scorul de 6-3, 6-0. O înfrângere dureroasă, inexplicabilă pentru noi, profanii, dar CTP îi găseşte justificări în faptul că a făcut prea mari eforturi în meciurile anterioare şi n-a mai putut rezista. Aşa să fie, dar nu e deloc convenabil.

◆◆◆

Nicăieri nu se etalează mai pregnant şi vizibil grandoarea şi nimicnicia spiritului uman ca-n politică. Aici, sub paravanul imunităţii, se desfăşoară liber şi nestingherit, tot spectacolul sublimului şi josniciei, toată mascarada eroismului şi laşităţii, întreaga nebunie a puterii şi supunerii, nemărginitul spectru al iluziilor şi zădărniciei.

Perplexitatea şi lehamitea provocate de dezmăţul politicii din Mamonia au devenit cronice şi endemice. Nimeni nu mai poate stopa tăvălugul nimicitor al congregaţiei funeste ajunse la putere. Tot ce se petrece în Mamonia la ora actuală este atipic şi împotriva firii. Ai putea crede că toate eforturile nu au alt scop decât jaful organizat şi distrugerea ţării. Întreaga suflare neînregimentată se află într-o stare de stupefacţie şi neputinţă inexplicabile, datorate acestui malaxor monstruos care fărămiţează totul.

Acum asist oripilat la demersurile puterii pentru a se reglementa sancţiunile împotriva defăimării. O aberaţie mai mare ca asta nici că se poate. Din moment ce defăimarea este definită în Constituţie, ce raţiune mai are o lege împotriva ei ? Lupta se dă pe viaţă şi pe moarte, în timp ce ravagiile de tot felul nu mai contenesc iar lumea mamonică se află în plină Apocalipsă.

Marele savant englez Stephen Hawking a făcut nişte previziuni sumbre privind viitorul omenirii, susţinând că aceasta va mai dura cel mult două sute de ani. Eu mă îndoiesc până şi de acest lucru

◆◆◆

REGIZORULUI ANDREI ŞERBAN

Bună ziua, magistre ! Bună ziua !

Te-am revăzut aseară în emisiunea „Profesioniştii" moderată de simpatica Eugenia Vodă. Plin de energie şi vivant, cu o vervă demnă de invidiat. Te ţii bine, stimabile, se vede de la o poştă. M-au încântat demonstraţia dumitale de regie şi cultură teatrală, naturaleţea pledoariilor, aerul degajat şi plin de umor al dialogului.

La un moment dat ţi-ai exprimat preferinţa pentru dimineţile cu răsăritul de soare care te invită la viaţă, dornic de un nou capitol al cunoaşterii. Şi ai făcut o scurtă nuanţare a apelativului „Bună ziua !", arătând cum trebuie spus, pentru a fi crezut şi receptat cu sinceritate. Adică exprimat din suflet, cu toată fiinţa, ca o îmbrăţişare a iubirii.

Ei bine, încerc să te salut şi eu cu această formulă.

Bună ziua, magistre ! Bună ziua !

Dar, din păcate, trebuie să-ţi mărturisesc cât de dureros resimt această sintagmă. Întrucât, chiar în momentul când am exclamat-o, realizez cât de departe se află dorinţa mea de a-ţi ura de bine faţă de realitatea sumbră din jur.

Când, încă din momentul trezirii, când iei contact cu lumea exterioară, ești izbit de grozăviile care se petrec, reverberate pe toate undele.

Cum să fie bună o nouă zi când, în proximitatea ta un copil se stinge răpus de leucemie, un părinte își violează fiica minoră și-și bate soția, un adolescent își ucide colegul pe culoarele școlii, un șofer spulberă un om care traversează corect strada, un infractor abia liberat din pârnaie pătrunde prin efracție în casa unei bătrâne, o violează și o omoară, un bolnav psihic înarmat produce un adevărat carnagiu într-o școală, și exemplele pot continua la nesfârșit.

Cât de bună poate fi o zi când viața ta atârnă de un fir de păr și nu știi ce se va petrece de la un moment la altul ?

Cum mai poți face o asemenea urare când tu însuți, cu un plămân extirpat, ești dus pe targă la reanimare pentru o operație incertă ? Sau când, înghețat în viscol și captiv sub nămeții de zăpadă îți aștepți sfârșitul ?

Tare mult îmi place această urare, în limba maternă, ai dreptate când spui că trebuie făcută din tot sufletul, cu toată ființa, dar, dragul meu contemporan, nu știu cât rezonezi cu durerea pe care o resimt când o pronunț.

Nu pot să nu fiu de acord cu dumneata când afirmi că trăim într-o lume debusolată, fărămițată și lipsită de credință și repere, care se rostogolește rapid pe toboganul autodistrugerii.

În ciuda și împotriva dezastrului care ne amenință și deprimă, cu puterea exacerbată a disperării și cu încrâncenarea unei speranțe gratuite, mă proptesc pe ambele picioare, îți doresc sănătate și tot binele din lume.

BUNĂ ZIUA; ANDREI ŞERBAN ! BUNĂ ZIUA; MAGISTRE !

Astăzi m-am trezit în plin viscol. Ninge în draci, de parcă acum s-ar instala iarna. Afectat de acest fapt i-am trimis un email lui Cătălin, la serviciu, de amorul artei.

Ciufută şi fiţoasă primăvară
Ne tot driblează, fente tot făcând
Dar o să vină ea şi sfânta vară
Să vezi atunci ce n-ai văzut nicicând
Drăcoasa-ncearcă iar să ne îngroape
Sub munţii de nămeţi, o...haimana
Şi nici nu ştie cât e de aproape
Cuceritoarea ce-o va detrona
Aşa că, dragii mei, lăsaţi-o-n pace
Isterica s-o mai prosti puţin
Iar preafrumoasa, ce atât ne place,
Ne va primi la sânul ei divin.
Pam, pam !

Nu ştiu cât o să-i placă fătului meu, mai ales că în versul 2 din strofa a doua am scris în loc de haimana cuvântul Mamona, care se potriveşte ca nuca-n perete. Dar cred eu că n-o s-o păţesc doar din atâta lucru. E un omor scuzabil. Şi l-am smuls pentru o clipă din rutina zilei.

Aseară actorii Tom Hanks şi Emma Watson m-au încântat cu jocul lor în filmul The Circle (Cercul). Frumoasă pledoarie pentru tehnologizarea care duce deja la rezultate incredibile !

A dat şi Buzea (Cons)Tanţa ortul popii
S-o odihnească Bunul Dumnezeu !
Poate că este cazul să m-apropii
De „Post-restant", unde-am trimis şi eu
Corespondenţă multă şi hilară
La brava „România literară"
Ce bătălii cu tipa am mai dat
Sub un pseudonim de inspirat !
Ce schimb de replici, ce interpretări
Tendenţioase, de-ţi venea să sări
La jugulară, doar că eu, onest
Îmi petreceam viaţa în arest
La domiciliu şi o bombardam
Cu toată artileria din hram
De-o aduceam la disperare-ncât
Îmi răspundea şi vehement, urât
Dar prea puţin mă afecta, eram
Un luptător pentru întregul neam
Ştiind cum mânăriile se fac
Iar eu eram prea singur şi sărac
Orice s-ar zice, câţiva ani am fost
Un luptător prezent constant la post
Şi nu am dezertat, n-am renunţat
La scopul pentru care-am fost creat.
Tănţica noastră, iată că s-a dus
Eu mai rămân că mai şi am de spus.
Şi nu se cade ca învins să tac
Atâta timp cât sunt un fiu de dac.

♦♦♦

Ce plasă am putut să iau aflând de pe nu mai ştiu
ce sursă şi luând de bună informaţia cum că poeta

Constanţa Buzea ar fi încetat din viaţă astăzi la Spitalul Elias din Bucureşti după o îndelungată suferinţă.

Curios, am intrat pe net la Wikipedia, ca să aflu că, de fapt, a murit în 2012, la vârsta de 71 de ani. Oricum, poezia mea rămâne valabilă, indiferent de data morţii.

Cum astăzi, graţie Proniei Divine, împlinesc optzeci şi trei de ani, încă în stare de funcţionare cu motoarele reduse, am primit mai multe urări de la cei apropiaţi, cărora le-am mulţumit pentru atenţie.

♦♦♦

Sunt tare bucuros că „Vrăbiuţa", care se află într-o situaţie atât de delicată cu soţul ei bolnav, şi-a călcat pe inimă şi mi-a telefonat. Ne-am întreţinut câteva minute bune şi mă bucur să constat că are un tonus destul de ridicat şi are o atitudine stoică în faţa vieţii. Nu ştiu de ce sunt atât de păcătos că nu sunt în stare să-i trimit cărţile promise.

Tot astăzi am luat taurul de coarne şi i-am telefonat vărului meu Mitică, despre care ştiu că se află într-o situaţie extrem de critică. Mi-a răspuns chiar el, care este singur acasă, soţia fiindu-i plecată la Mitreni pentru a face pregătirile necesare pomenilor cuvenite soacrei lui Neluţu, care s-a stins în urmă cu o săptămână.

Vărul meu mi-a etalat o atitudine curajoasă, afirmând că se simte destul de bine, doar că trebuie să urmeze cu stricteţe recomandările medicilor. Ceea ce şi face, cu rezultate satisfăcătoare, menţionând că se simte din ce în ce mai bine.

Problematic rămâne faptul că, fiind singur, e nevoit să iasă după lemne, să dea zăpada pentru a-şi face căi de acces, deci să facă nişte eforturi, care nu-i sunt recomandate, şi nu se ştie cum vor evolua lucrurile.

Am primit un telefon şi de la Tudorică Vlad care e tot singur cu căţeii şi pisicile sale. Se plânge că a consumat o grămadă de lemne. Se bucură de atenţia specială a Mihaelei şi a lui Nică, ginerele său, care îl iau la ei sâmbăta pentru a face baie şi a fi împreună. Doar când rămâne în pană se duce până la magazinul lui Costel să-şi ia pâine. Şi el duce o viaţă de sihastru, cu curaj şi demnitate.

Deşi Mihaela mi-a relatat într-o convorbire că nu e prea mulţumită de tatăl ei care, se pare, ar fi promotorul unui scandal cu sora ei Georgica, m-am abţinut să-i spun ceva lui Tudorică, şi bine am făcut. N-am ce căuta în familia lor pentru spălatul rufelor.

În rest îmi irosesc timpul cu filmele de la televizor, cu poezele trimise lui Cătălin şi cu scurte deambulări prin curte şi la şopron, unde mă ocup cu rufele puse la uscat.

Sunt nedumerit pentru faptul că, deşi au trecut peste două săptămâni de când i-am trimis lui Dăncuş manuscrisul cu însemnări „Ambitus", în vederea unei eventuale editări, deşi am repetat mesajul, nu am primit nici un răspuns. Mă surprinde faptul şi va trebui să-i telefonez.

Atmosfera de iarnă, cu frig şi ţurţuri de gheaţă periculoşi la streaşină , persistă, mă deprimă şi îndur cu stoicism, cu speranţa că va veni şi primăvara. Bietele mele flori au fost acoperite de stratul gros de zăpadă şi nu ştiu dacă-şi vor mai reveni.

◆◆◆

Continui să apăs greşit pe taste şi scrisul să se spulbere instant, ceea ce e destul de enervant şi-mi recunosc deprinderile proaste.

Şi azi mi s-a-ntâmplat s-o dau în bară, cu pagina în alb de m-am trezit , şi azi se vede că-s neisprăvit şi evidenţa asta mă omoară.

S-a spulberat o pagină-ntr-o clipă, doar pentru că nu sunt destul de-atent şi m-afectează-acest eveniment, rănit ca de-o alice în aripă.

Nu ştiu nici când nici dacă o să-mi treacă această boală de handicapat, e cert doar faptul c-am recuperat producţia-mi salvată şi sireacă.

De-ar fi ca mine mulţi, literatură s-ar face şi mai prost şi mai puţin. Eu sper că totuşi o să îmi revin, şi să evit această fundătură.

◆◆◆

Am citit recent într-o revistă on-line deversarea fluvială a însemnărilor unui condeier de notorietate şi m-am crucit. Tot ce i-a trecut prin scăfârlie, stimabilul a borât în pagină. Cum de e posibil să faci aşa ceva ? Uite că e posibil atunci când egoul tău nu are limite şi suferi de sindromul genialităţii, pentru că altfel nu se poate explica.

Autocontrolul, autocenzura, trecerea selectivă a produsului creat prin filtrul propriei cogitaţiuni se impune cu necesitate, dacă ai o minimă decenţă. Tendinţa imperialistă de a cuceri totul cu scrisul tău otova e o acţiune cât se poate de nefastă, atât pentru tine, cât şi pentru eventualii cititori.

Mă întreb, perplex, şi acum, ce va fi crezând acest producător logoreic care inundă spaţiul despre sine, cum şi-o fi vâzând chipul reflectat în oglindă ? Pentru că, iertată fie-mi expresia, acesta îşi livrează odată cu produsele inspiraţiei toate rahaturile urât mirositoare, şi-n loc să-şi captiveze cititorii îi alungă şi se descalifică, de bună voie şi nesilit de nimeni.

Acţiunea acestui obsedat de sine rimează perfect cu obstinaţia bolnavă a industriei cinematografice care livrează pe bandă rulantă producţii îmbibate până la saturaţie de libertinism deşănţat şi sex cât cuprinde, sub toate formele.

E o descreierare, o nebunie explozivă şi nelimitată, nu numai în acest domeniu, care te dă pe spate şi te pune pe gânduri. Oare până unde se va putea merge în acest mod, care vor fi consecinţele, altele decât dezastruoase ? Lumea îşi pregăteşte cu o nestăvilită osârdie şi determinare propria dispariţie, fără a şti dacă eforturile şi cheltuielile uriaşe din tehnologie vor putea s-o salveze, părăsind planeta pentru alte locaţii spaţiale.

Eu unul rămân pur şi simplu interzis în faţa performanţelor supertehnologice din nanologie şi alte domenii . Şi, asta, nu pentru că aş fi un sceptic şi negativist invederat ci pentru că evidenţa, realitatea lumii înconjurătoare mă obligă s-o fac.

Nu pot întrezări viitorul decât ca pe un tobogan fantastic pe care lumea se rostogoleşte într-un ritm halucinant şi ireversibil.

◆◆◆

La emisiunea „Profesioniştii" de aseară invitatul Filip Teodorescu a afirmat ritos că este ateu. Treaba lui, nu mă bag ! Doar că, în replică transcriu poezia ce urmează.

Am fost şi eu ateu cândva, odată
Când mă dădeam atoateştiutor
Considerând stupid că lumea toată
O pot roti ca aţa pe mosor

Am fost urangutanul plin de sine
Bătându-mă cu mâinile pe piept
Şi nerealizând că se cuvine
Să fiu cel mai umil, smerit şi drept
Stropşeam cu adevărurile mele
Cu un cinism rebel desăvârşit
Şi nu puteam să cred cât sunt de rele
Minciunile ce mi le-am însuşit
N-aveam habar de lucrurile sfinte
Pe credincioşi îi desconsideram
Şi mă duceam ca orbii înainte
Străin şi de repere, şi de hram
Până când o minune cabalină
M-a smuls din somnul meu de sclifosit
Şi-mbrăţişat de dulcea Ta lumină
Adevărata cale mi-am găsit.

♦♦♦

Abia astăzi am primit răspuns la mesajele trimise de la d-l Dăncuş care spune că s-a mutat în Anglia şi mă întreabă dacă vreau să editez manuscrisul însemnărilor „Ambitus".

Mi-am exprimat surprinderea, i-am spus că doresc să-mi tipăresc însemnările şi l-am felicitat pentru ultima sa carte. Rămân totuşi cu nedumerirea privind mutatul în Anglia.

Revenind la oile noastre, adică la însemnări, dacă ele au vreun rost şi vreo relevanţă, continui să cred că au. De ce ?

Păi, numai aseară am văzut la emisiunea d-nei Monica Ghiurco cât de mult au putut conta însemnările lui Alexandru Marghiloman care au fost tipărite în cinci volume. Nepoata sa Irina Vlăducă Marghiloman îi cinsteşte memoria cu demnitate, încercând să pună în lumină adevărata imagine a omului de stat care s-a implicat în politica ţării cu toată bărbăţia şi devotamentul în vremuri tulburi şi cruciale, reuşind ca puţini alţii. Şi tot aseară am văzut o comedie cinematografică, al cărei nume nici nu-l mai reţin, care constituie o adevărată probă de masturbare intelectuală. Filmul îţi confiscă peste o oră din viaţă cu tot felul de întâmplări sexoase şi hazoase,. pe care nici nu ţi le-ai putea imagina Tot filmul este o demonstraţie a modului cum omul se poate prosti în tot felul de acţiuni de tot rahatul, fără nicio jenă şi fără sentimentul că s-ar putea înjosi prin ceea ce face. Dar comedia prinde şi tocmai pe aceasta mizează producătorii. Cum s-ar zice, şi acestea sunt tot nişte însemnări cinematografice care se coagulează într-o operă de comedie de tot hazul şi necazul.

Trebuie să repet, spre luare aminte, că după cum pământul nu e format numai din piscuri şi abisuri, nici arta şi literatura nu sunt constituite numai din capodopere şi best selleruri. Paleta imagistică are forme şi dimensiuni infinite, or aici pot intra fără nici un efort, şi însemnările de orice fel.

E şi motivul pentru care nu pot renunţa la aceste biete însemnări. Nimeni nu ştie care va fi soarta lor viitoare. Am zis !

◆◆◆

Azi e prima zi când soarele este mai generos şi a început să se încălzească. Zăpada depusă se topeşte văzând cu ochii iar peisajul din curtea-grădina noastră este, dacă nu dezolant, oricum înduioşător.

Toate florile sunt la pământ, frânte de greutatea stratului de zăpadă suportat. Unele îşi revin uşor-uşor, altele sunt chiar rupte. Mi-e milă de ele, le studiez cu mare atenţie şi, acolo unde pot interveni, nu preget şi le ajut cum pot, înălţându-le şi sprijinindu-le cu beţigaşe de sârmă de care le leg.

Deprins de atâta amar de vreme cu existenţa de captiv benevol, e uşor de înţeles că soarta grădinii mă preocupă în mod special şi, cu ochii ca pe butelie, adun orice corp străin cu meticulozitate iar gunoaiele le duc la pubelă, pentru ca peisajul să fie în ordine, plăcut vederii.

Numai azi am oblojit vreo patru-cinci narcise înflorite şi am sprijinit câteva lalele înspicate căzute la pământ. Cine m-ar vedea, ar putea zice că m-am rătutit, dar mie nu-mi pasă câtuşi de puţin. În acest areal îmi petrec o mare parte din timp şi-mi face plăcere să-l îngrijesc, precum Dustin Hofmann proprietatea lui de pe Stânca Diavolului din filmul „Papillon".

Mi-am recitit integral manuscrisul însemnărilor „Ambitus", l-am bibilit şi am făcut corecţii, după care l-am trimis editurii „Singur", cu sugestia de a-l tipări pe acesta şi nu pe primul trimis.

◆◆◆

E ziua de Florii. Servim masa de prânz. Eu, Cătălin, Gabi şi Andu. La un moment dat studintele nostru se adresează părinţilor.

-Sper să-mi daţi şi mie două sute de lei, să-mi cumpăr adidaşi !

Mama lui, surprinsă neplăcut, i-o taie pe loc.

-Să nu vorbim despre asta ! Deocamdată ai mult de lucrat la Mate şi Info.

Andu nu se lasă şi, privind pe sub sprâncene spre mine, punctează.

-Colegul meu Edy primeşte bani de la toţi cei patru bunici, ba pentru una, ba pentru alta.

Gabi îi răspunde.

-Nu toţi copiii au norocul acesta !

19

Eu, ştiind că sunt vizat, mă abţin să intervin, pentru a nu se isca un scandal. Continuăm să mâncăm împreună mămăliguţa cu brânză şi smântână, apoi cu peştele şi mujdeiul pregătite şi toastăm pentru sărbătoare.

Dar, pentru că mă simt acuzat pe nedrept, sărac şi cinstit cum sunt, voi da un răspuns pentru Andu, aici, în această pagină.

Menţionez că întotdeauna am dispus de bani mult prea puţini, pentru a-mi permite să mă răsfăţ într-un fel sau altul. Pensia care mi s-a stabilit e de tot râsu-plânsul iar facturile casei, în afară de telefon, eu le plătesc. Fără a fi un zgârcit proriu-zis, dar obligat de situaţie, rareori mi-am permis luxul de a-mi cumpăra un covrig sau o îngheţată.

Cât despre o carte, un spectacol sau un sejur, să ne ierte Cel de Sus, nu s-au prins de mine, întocmai ca apa de penele găştei. Ce să mai vorbim despre o ieşire turistică peste graniţă, într-o ţară sau alta ! Mi-am îndurat soarta de amărăştean cu demnitate şi cu un stoicism crâncen, fără a mă plânge sau văicări din această pricină.

Or, studintele nostru, s-a bucurat nu numai de toate acestea, ca unic fiu la părinţi, dar a apelat şi la mine în nenumărate rânduri şi i-am oferit cât am putut, cu ţârâita, e drept, dar nu l-am refuzat niciodată fără un motiv temeinic.

Vă veţi întreba, desigur, ce caută toate aceste mărunte destăinuiri în paginile de însemnări, ce relevanţă pot avea, şi pentru cine ? Păi, eu zic că nu sunt chiar gratuite, au şi ele greutatea lor în prezentarea imaginii mele de aşa-zis Hagi Tudose.

Niciodată nu am agreat ideea de a economisi ca un hârciog iar dacă, din când în când, când a fost posibil,.am mai depus câte-o sumă derizorie în cont, nu am făcut-o pentru mine, ci tot pentru ai mei.

Deci, ca o concluzie, rândurile de mai sus, scrise cu toată amărăciunea, nu au rostul de a mă scuza sau justifica în faţa cuiva, ci, pur şi simplu, pentru a explica o situaţie penibilă şi nedorită de nimeni. Fiecare muritor e dator să-şi poarte crucea până la capăt, ca un adevărat credincios creştin. Restul e numai vorbărie goală.

♦♦♦

Azi-noapte mi-am visat testamentul. A durat ceva timp până l-am întocmit şi i-am dat o formă acceptabilă. Dacă tot am ajuns eu un Don Quijote mioritic, apăi tot din această postură îşi face Donchi acest testament, cu speranţa că va fi înţeles şi i se va respecta întocmai. Actul respectiv priveşte moştenirea mea literară, atâta câtă este, pe care doresc s-o las urmaşilor mei. Îl voi reproduce aici, spre luare la cunoştinţă şi conformare.

Subsemnatul Dominic Diamant alias Petre Vlad, în deplinătatea facultăţilor mintale şi de bună voie am hotărît următoarele

1-Donez toate cărţile mele tipărite precum şi toate scrierile aflate în portofoliu Bibliotecii Naţionale a României, în cadrul Proiectului dedicat în mod egal sănătăţii şi educaţiei copiilor orfani proveniţi din familiile defavorizate din jud.Călăraşi, fostul raion Olteniţa. Se pot consulta şi folosi şi colaborările din rev. Armonii culturale-Adjud, Constelaţii diamantine, Canada, Cosmopoetry.ro, Destine literare-Montreal, Dobrogea culturală, RomWriters, Singur-Târgovişte şi ziarul Naţiunea.

2-Banii proveniţi din vânzarea lor în tiraje adecvate se vor depune într-un cont special, în scopul acţiunii menţionate mai sus.

3-Împuternicesc drept custode al donaţiei şi procedurilor de strângere a fondului necesar orice descendent direct din neamul Vlad, dispus să se ocupe cu această nobilă acţiune.

4-Termenul de executare a condiţiilor testamentare – maximum zece ani.

Consider că hotărîrea luată este singura soluţie potrivită pentru dăinuirea cu folos a creaţiei mele şi singura dovadă a iubirii mele neprecupeţite pentru neam şi ţară.

Aşa să-mi ajute Dumnezeu !

♦♦♦

Azi m-am trezit la poartă cu fostul coleg de facultate şi prieten Aurel Ivan, care, şi-a adăugat la numele de scriitor vocabula Brezeanu.

Credeam, după repetate apeluri telefonice, că-şi face veacul la Breaza, unde şi-a făcut o casă. Din păcate, prietenul meu, şi-a pierdut vederea, fiind nevoit să-şi facă operaţie cu laser, în urma căreia poate vedea cu ochiul stâng.

A venit la mine după ce a fost şi şi-a plătit rata la un centru de asigurări de pe str,Arad, cu două sticle de vin Jidvei. Ne-am întreţinut vreo două ore cu amintiri din trecutul nostru, până am băut tot vinul din cele două sticle, după care l-am însoţit până la staţia de metrou din Chibrit Prietenul meu nu e deloc de invidiat, mă şi mir cum de are curajul să se deplaseze prin oraş în situaţia lui. Apoi m-am dus şi mi-am plătit factura de gaze pe ultima lună la un mic centru local.

♦♦♦

Poate un Paganini liric sunt
Sau un musiu Jourdin scriind în proză

Oricine-aş fi, cu oricâtă nevroză
(nu pot fi o... mimoză)
Sunt mândru că trăiesc pe-acest pământ.

◆◆◆

Lăsând la o parte faptul că cel puţin o treime din viaţă o petrecem dormind, prea puţini dintre noi realizează că cea mai mare parte din timp o irosim în chip şi fel, neonorându-ne astfel talantul primit.

Dacă am fi conştienţi de acest fapt, cu siguranţă că ne-am petrece viaţa cu totul altfel, conferindu-i altă imagine şi altă dimensiune.

Nu e musai să fii un Platon sau Aristotel ca să-ţi dai seama de acest adevăr zguduitor. Zădărnicia nu este un dat sau un blestem, este nimicnicia în care ne complacem majoritatea dintre noi, de bună voie şi nesiliţi de nimeni.

◆◆◆

Ne-am bucurat de sfintele Sărbători Pascale
Care în opulenţă, care în mod decent
Care pe culmi divine, care în plâns şi jale
Ne-am bucurat cu toţii de-acest eveniment.
Cu cozonac şi ouă, cu miel şi cu salată
Creştinii şi păgânii la fel s-au desfătat
Şi-au proslăvit lumina cea binecuvântată
Şi-au petrecut o clipă de vis, de neuitat.
Asemenea momente, atât de aşteptate,
Se derulează-n forţă pe-ntregul mapamond
În exaltarea celor aflaţi în libertate
Simţind până şi ultimul câine vagabond.
Credinţa în puterea şi jertfa uimitoare
A lui Christos ce vrut-a să moară pentru noi
Ne îndumnezeieşte şi poate să-nfioare
Sălbaticii să creadă în viaţa de apoi.

♦♦♦

Preşedintele ţării Klaus Johannis a aprobat cererea de urmărire penală a principalilor vinovaţi pentru moartea a peste o mie de tineri în evenimentele sângeroase din 1989, fostul preşedinte Ion Iliescu, fostul premier Petre Roman şi fostul secretar de stat Gelu Voican Voiculescu.

Strigător la cer este faptul că tartorul Ion Iliescu a avut imensul tupeu de a scrie pe blogul personal consideraţiile sale stupide, în contrast total cu evidenţa faptelor comise şi negând încadrarea legală a procesului.

Nici Petre Roman nu se lasă mai prejos, încercând să-şi etaleze nevinovăţia şi s-o justifice prin faptul că la data evenimentelor petrecute el nu era decât un cadru universitar la Institutul de Politehnică.

Mai rămâne ca şi al treilea crai să ia peste picior toată strădania celor care au instrumentat atât amar de timp dosarul crimelor.

Pentru că în Mamonia totul este posibil în privinţa răului. Hai Rapidul ! Ei bine, Rapidul din Liga a IV a învins Steaua cu 3-1 ! Frumos !

♦♦♦

Azi am izbutit să depun în contul cu obligaţiuni suma de cinci mii de lei. Totodată am achitat c/val cărţii „Ambitus", depunând în contul BCR Transilvania suma de 330 de lei. Restul de 375 de lei l-am încasat de pe card, plătindu-i băncii un comision de cinci lei. Hasta la vista !

♦♦♦

Puţin am vrut, puţin am obţinut
Este bilanţul unei vieţi trăite

24

Aş fi putut s-ajung cosmonaut
Sau altceva mi-aş fi putut permite.
♦♦♦

După ce preşedintele ţării a încuviinţat începerea urmăririi penale a vinovaţilor de înfăptuirea carnagiului din decembrie 1989, aceştia fiind învinuiţi de „infracţiuni împotriva umanităţii", nu ştiu de ce, toată lumea ştiind că au fost crime abominabile, pe canalele mass-media au loc dezbateri ample asupra acestui gravissim subiect.

Nu mai departe, aseară am văzut la „Realitatea TV" o doamnă, mama unui tânăr ucis, care, profund afectată şi indignată, căuta să explice greutăţile nenumărate întâmpinate din partea slujbaşilor sistemului pentru a-şi procura documentele incriminatoare necesare în justiţie. Doamna respectivă, pe nume Elena Băncilă, suferea şi acum, după douăzecişiopt de ani, de pe urma pierderii copilului, şi se simţea jignită şi umilită de organismele statului.

Şefii din Justiţie au stabilit vinovăţia făptuitorilor, încadrând-o la „Infracţiuni împotriva umanităţii", când normal şi firesc era să li se spună crime. Dar eu mă întreb, siderat, toată tragedia, tot dezastrul provocat în aceşti douăzecişiopt de ani în ce literă de lege ar trebui încadrate, acestea nu sunt tot crime împotriva umanităţii, cu autori cunoscuţi? Cine răspunde de toată această nesfârşită şi funestă mascaradă, cine plăteşte pentru degringolada şi pierderile nenumărate ale ţării? Aceşti ticăloşi nu trebuie judecaţi şi pedepsiţi?

M-a uns pe inimă pledoaria doamnei Elena Băncilă, care a scris şi o carte despre toate grozăviile din dec. 1989 care au dus şi la moartea fiului său iubit de douăzecişiunu de ani. Cu curaj şi fermitate a denunţat rolul malefic al tartorului Ion Iliescu care s-a

25

aflat în fruntea tuturor acţiunilor nefaste de atunci şi, pentru a-şi păstra imunitatea şi a fi protejat, a permis tuturor serviciilor şi organismelor represive şi opresive să acţioneze de capul lor, ţara fiind nevoită să alunece pe panta prăpăstioasă spre dezastrul în care ne zbatem şi acum.

Nu mai puţin important şi edificator a fost rolul lui Teodor Mărieş care s-a luptat ani îndelungaţi ca un adevărat erou pentru stabilirea adevărului şi sancţionarea vinovaţilor. Aceste lucruri nu trebuie uitate, cântărind greu în balanţa Justiţiei căzute pradă politicii.

Urmează să vedem cu câtă fermitate se va desfăşura procesul marilor vinovaţi pentru evenimentele sângeroase şi dureroase din decembrie 1989. Cum a arătat şi mama tânărului ucis, chiar dacă judecata şi sentinţa au loc atât de târziu, chiar dacă sancţiunile vor fi doar simbolice, acest fapt are o importanţă deosebită pentru clarificarea şi pacificarea societăţii româneşti.

Iar eu adaug că şi crimele produse în aceşti douăzecişiopt de ani de agonie trebuie judecate, în spiritul adevărului şi dreptăţii care întotdeauna au avut de suferit.

Până nu se va face lumină în aceste probleme cruciale, lucrurile nu se vor limpezi iar societatea va bâjbâi în aceeaşi ceaţă sulfuroasă şi păguboasă.

◆◆◆

Un cunoscut care ştie că mă ocup cu scrisul mă opreşte deunăzi şi mă ia la întrebări.

-Hai, mister Donchi, până şi Nea Ilie de la restaurantul Pescăruş din Herăstrău a devenit celebru şi se mândreşte cu profesia sa ! Dumneata cu ce te poţi

26

lăuda, cu cele douăzecişiopt de broşurele ? Ce ai făcut mata ca să te poţi remarca şi să ai motive de mândrie ?

-Uite ce e, domnule ! În primul rând nu se cade să dai buzna peste un cunoscut şi să-l apostrofezi în acest mod lipsit de orice eleganţă ! Nu ai nici un drept să mă judeci, aşa că rog a mă scuti !

Tipul, tupeist, nu se lasă şi plusează.

-Adevărul supără, nu ? Mi-am zis eu că n-o să rezişti, şi asta, pentru că eu am dreptate ! Eu văd că s-a umplut lumea mioritică de scriitori şi poeţi, care mai de care mai talentat şi mai moţat, când, în realitate, greu mai găseşti un scriitor de marcă, emblematic şi reprezentativ ! Şi, fără să am ceva anume cu d-ta, am vrut să văd ce părere ai despre acest fenomen, aflându-te chiar în sfera lui !

Îl ascult siderat, fără a-i putea întoarce spatele şi încerc să-i explic.

-Ascultă, stimabile, acest fenomen despre care vorbeşti este vechi de când se scrie în lume, nu-mi spui nimic nou ! Doar că d-ta, nou pe scena vieţii, ai impresia că ştii totul şi te repezi ca un berbec, dornic să răpui adversarul. Lucrurile nu se prezintă atât de simplu cum crezi d-ta, totul trebuie nuanţat, mers la detalii şi explicat cât se poate de clar.

-Păi, explică monşer, asta vreau şi eu !

-Vei fi vrând d-ta, dar nu te întrebi dacă vreau şi eu ? Dacă am timp, dacă e locul şi momentul s-o fac ? Apari d-ta din senin, hodoronc-tronc, şi mă somezi să-ţi dau explicaţii, e frumos ?

-Hai, don Donchi, că n-am dat cu parul ! Aşa sunt eu, mai impulsiv şi repezit ! D-ta, ca un om citit şi cu experienţă, poţi înţelege, ce naiba ? Că, dacă scrii, pentru cine scrii, nu pentru noi, ăştia mai puţin şlefuiţi ? E cazul să te superi doar dintr-atât ?

Mă trezesc asaltat de o doamnă de pe strada mea care-mi şopteşte la ureche.

-Nu-l ascultaţi pe acest individ ! E un măscărici provocator, toată lumea îl cunoaşte ! Vă rog, evitaţi-l !

Stau în cumpănă o clipă, după care ţin să precizez.

-Deşi nu-mi place, nu pot da bir cu fugiţii. Aşa că voi încerca să explic, cât mă pricep ! Nimic pe lumea asta nu este aşa cum ni se prezintă la prima vedere ! Aşa şi cu stimabilul aici de faţă ! Pot eu afirma că mi se cuvine premiul Nobel pentru tot ce am scris, că nimeni nu e mai captivant şi savuros ca mine ! Ei, şi ? Realitatea e cu totul alta ! Am făcut eu şi am dres, m-am luptat din răsputeri cu morile de vânt, dar un fir de nisip nu s-a clintit din mersul lumii ! Totul s-a petrecut numai în confruntarea cu mine şi cu demonii mei, victoriile şi înfrângerile suferite au avut loc doar pe plan intim şi mă pot mândri sau lamenta doar în raport cu acestea ! Or, dacă în broşurelele mele am reuşit sau nu să relev acest lucru, totul mi se datorează numai mie, eu sunt învingătorul sau înfrântul !

-Atunci, trebuie să înţeleg că doar ne aburiţi cu poveştile dv. ? Că totul e o minciună ?

-Crezi ce vrei, domnule ! După posebeletăţi ! Ce pot spune mai mult ?

◆◆◆

Chiar dac-am scris doar douăzeci şi opt
De jalnice şi fade broşurele
La focul meu interior le-am copt
De zoaie şi păcate să mă spele
Şi chiar dac-am blufat sau am ratat

În prezentarea celor întâmplate
N-am fost nici ipocrit, nici îngâmfat
Nu mi-am acreditat ce nu se poate
    Am scris din suflet, dezinteresat
De orice morb de personalitate
Sperând că astfel mă voi fi salvat
De vântul morţii care mă străbate.

             ♦♦♦

   Din când în când un băieţel din vecini, văzându-mi poarta deschisă şi atras de Lea, se aventurează în curtea noastră şi se minunează de splendoarea florilor. Îl tratez cu ce am la îndemână şi rămân interzis când mă întreabă de ce sunt atât de trist.
   -Unde vezi tu că aş fi trist ?
   -În ochi, domnu Bubu ! Nu te poţi ascunde !
Parez şi eu cum pot.
   -Ţi se pare, frumosule, ţi se pare !
   Dar, după ce pleacă, mă spionez în oglindă şi mă cam sperii. Băiatul are dreptate. Şi iar mă invadează versurile comise seara, înainte de a mă cuprinde somnul.

    De nu mai am cu ce, nu am nici cui
De mine nimenea nu mai întreabă
Odoarele de mult le-am pus în cui
Şi tot ce fac e să mă aflu-n treabă
    Nici nu mai ştiu ce-nseamnă un sărut
De-o mângâiere sau îmbrăţişare
Nici nu mai spun, căci ele s-au pierdut
Odată cu iubirea ce dispare
    Ce fel de om voi fi fiind acum
Când însumi eu de moaca mea mă sperii
Şi-i tot mai evident că umbra sum

Într-un context de hibe şi mizerii
Un spectru ambulant, cadavru viu
Ar fi mai indicat să mi se spună
Dar nu-i nimic, mă consolez şi ştiu
Că vis e existenţa mea nebună.

Sunt conştient că asemenea produse lirice mă onorează mult prea puţin şi îşi merită soarta la coşul cu gunoi, dar cum să faci abstracţie tocmai de elementele cele mai relevante ale vieţii tale părăduite, cum să le ignori ?

A te disimula şi a brava la nesfârşit, etalând o mască mai acceptabilă, e mai onorant, dovedeşti astfel că eşti mai demn şi ştii să te porţi cu cei din jur ? De ce ar trebui să te minţi, de bună voie şi nesilit de nimeni ? De ce atâta mistificare stupidă ?

Viaţa, în special în aceste circumstanţe ale bătrâneţii, e de-o cruzime insuportabilă şi trebuie privită ca atare.

♦♦♦

De ce, Doamne, oi fi atât de slab ? Au loc tot felul de evenimente pe care le consider fără însemnătate, ca apoi, după ceva vreme să realizez că ele trebuiau consemnate, făcând parte din viaţa mea. Regretele sunt prea târzii, faptele sunt consumate şi se pierd pentru că aşa am gândit la un moment dat.

De pildă astăzi, e o mare sărbătoare, dar românaşii noştri desdumnezeiţi fac tot felul de lucruri care nu se cuvin. Vărul meu Mitică, deşi e bolnav şi operat, nu poate sta locului şi, încercând să instaleze o umbrelă pentru umbră, şi-a rupt nişte muşchi intercostali care-i produc o durere zdravănă,

Fiul meu Cătălin a adus doi muncitori care au dezmembrat gardul vechi de lemn şi au pus un gard nou dintr-un material care se foloseşte la căptuşirea blocurilor. Treaba nu s-a terminat şi va continua şi mâine.

Cum mi-am telefonat rudele şi prietenii cu nume de sfânt, l-am apelat şi pe bunul meu coleg de facultate George Gibescu, despre care nu mai ştiam nimic de o bună vreme. Nu mi-a răspuns. Ca după masă, spre seară, să mă apeleze el pe mine, spunându-mi că nu răspunde la telefoane decât după orele treisprezece. Cred că ne-a cam uitat Dumnezeu, tot sporovăind despre amintiri de demult şi despre colegi. A rămas să vină el pe la mine. Ei bine, vreau s-o văd şi p-asta!

Aseară am văzut filmul „Maudy" cu actorii Sally Hawkins şi Ethan Hauke. După umila mea părere e un film de nota zece.

Actriţa engleză Ethan Hauke interpretează rolul unei aparent handicapate suferind de artroză care pare o aschimodie şi la început nu e agreată nici de cei din familie, ca pe parcurs, situaţia să se schimbe radical, biata femeie găsindu-şi partenerul de viaţă şi pictând copios tablouri pe care le vinde cu mult succes. Dar filmul prezintă interes pentru că deşi pare monoton, până şi soţul care e cam tiranic şi-o pălmuieşte, şi-o goneşte, realizează că e o femeie bună de pus la rană şi o găseşte şi-o ia acasă. Femeia află de la o rudă că n-a născut un copil mort şi că fata ei trăieşte, crescută fiind de o familie cumsecade. În final Ethan, fiind bolnavă de emfizem pulmonar, se stinge pe patul spitalului, după ce-şi văzuse de la distanţă fiica adultă la casa ei.

Filmul are o încărcătură emoţională deosebită, reuşind să-i prezinte spectatorului evoluţia unui personaj de la postura de om respins de ceilalţi până la situaţia de invidiat pentru talentul şi bunătatea sa.

◆◆◆

Incomensurabilă este lehamitea care mă cuprinde. Pur şi simplu, când vine vorba despre situaţia politică, socială şi economică din ţărişoara noastră, mă blochez, nu mai am puterea necesară să mă avânt într-o luptă cu morile de vânt. Auziţi şi vă minunaţi! Premierul Viorica Dăncilă şi preşedintele Senatului Liviu Dragnea acţionând de capul lor, pleacă la Tel Aviv, unde poartă discuţii cu şeful statului privind relocarea ambasadei noastre la Ierusalim, fără să fi discutat în prealabil cu preşedintele statului, deci ignorându-l ca pe un oarecare. Fapt extrem de grav. Concluzia? Preşedintele, într-o scurtă apariţie la TV, cere demisia premierului care nu mai prezintă încredere.

Poetul Mircea Dinescu, devenit o mare sculă mediatică postdecembristă, dar, mai ales, un îmburghezit al sistemului, consideră cu un nepermisibil aplomb că redeschiderea dosarului revoluţiei din 1989 şi anchetarea vinovaţilor de crimele produse nu este indicată. Citez „Anchetarea lui (a lui Ion Iliescu-n.m.) este o mare prostie, pentru că nu poţi să judeci. Nicio revoluţie nu a fost frumoasă".

Bibicul nostru consideră că preluarea conducerii ţării de către eşalonul 2 al PCR a fost normală, întrucât nu existau alte forţe care să preia frânele ţării. Deci, trebuie să înţelegem că moartea celor peste o mie de tineri a fost necesară şi nu e cazul să fie judecată şi condamnată iar beneficiarii eşalonului doi comunist îşi merită pe deplin stipendiile. Ba, încă, Pohetul nostru revoluţionar îmburghezit aduce argumente cu celelalte revoluţii sângeroase din istorie, pentru a motiva odioasa crimă imprescriptibilă şi a-i exonera pe făptaşii ei. Să ne trăieşti, magistre imbatabil, halal gândire şi judecată! Pentru o asemenea atitudine, exact pe gustul congregaţiei TBC-iştilor şi şobomanilor care au dus ţara la dezastru, răsplata cu statui şi denumiri de străzi şi instituţii abia te aşteaptă. Fii la înălţime, ilustră şulfă, patria îţi va fi recunoscătoare !

Ce să mai vorbesc despre celelalte monstruozităţi incalificabile care se petrec zilnic, că mă apucă pandaliile , greaţa şi voma ! Lumea din Mamonia s-a depăşit pe sine, totul e cum nu se poate mai halucinant şi inimaginabil.

◆◆◆

Nu poţi să faci istorie stupid
Manipulat ca o marionetă
Oricât ai fi un lider de partid
Sau însuşi purtătorul de ştafetă.
Prin tot ce faci, ridicol te prezinţi
Şi-ţi pierzi şi bruma de-autoritate
Iar zicerea cu treizeci de arginţi
Are deplină valabilitate.
Atât de orb fiind, nu poţi vedea
Că eşti un ipochimen demn de plâns
Discreditat de toată lumea mea
Doar pentru halu-n care ai ajuns.

◆◆◆

„FLORENCE" este o savuroasă comedie regizată de Stephen Frears şi lansată în Australia în 2016. Filmul prezintă viaţa unei femei bogate, Florence Foster Jenkins, care trăieşte cu ideea că ştie să cânte, fără a avea voce, şi susţinută de partenerul său interpretat de Hugh Grant, ajunge până pe scena operei Carnegie Hal din Londra, unde produce o uriaşă revărsare de hohote de râs, datorate prezenţei sale total inadecvate.

În final artista închipuită află opinia defavorabilă a criticilor dintr-un ziar renumit şi se îmbolnăveşte. Pe patul spitalului, ea se confesează partenerului său, consolându-se cu faptul că a cântat pe cea mai mare scenă a ţării. Reproduc cu aproximaţie spusele ei. „Lumea poate spune că nu ştiu să cânt, dar nimeni nu poate spune că nu am cântat."

Ce vreau să spun, relativ la cele de mai sus ? Că şi în cazul meu „Lumea poate spune că nu sunt poet, dar nimeni nu poate spune că nu am scris poezie"

Nu ştiu cât de potrivită este alăturarea celor două aspecte, dar eu am simţit nevoia s-o fac. Poate că am exagerat, dar, cine ştie, poate că am spus un adevăr. Timpul rămâne să fie magicianul balanţei. Şi, cum eu voi fi dus pe alte meleaguri, în altă dimensiune, dezlegarea problemei nu mă va mai afecta cu nimic.

Deocamdată, fiind un privilegiat al Celui de Sus care se îndură de mine, în timp ce alţi convivi mor pe capete, îmi permit să mă răsfăţ scriind una-alta, cum par exemple, ieri am comis o „Romantică", zic eu, de toată frumuseţea. Părerea mea umilă e că nu mulţi de vârsta mea îşi pot îngădui să fie atât de visători şi creativi. Am zis !

◆◆◆

În senectutea mea neliniştită când spiritu-mi vibrează şi se-agită dacă bat câmpii nu e de mirare căci omeneşte este, ştim, erare. Aşa că, dă-i cu una, dă-i cu alta, mai cool ca cavalerii (sic!) de la Malta, mă-ntrec cu mine însumi, să se vadă cât e de faină trista mascaradă. Să-ncepem, îmi îngădui, cu sfârşitul pe care, ca-nceput, am propăşitu-l.

Eternitatea din această clipă
În mintea mea instant se înfiripă
Aşa că, un seism de ne-ar străbate,
Trăiesc frenetic o eternitate
Deci nu-s motive să ne fie teamă
Cât un eveniment ne bagă-n seamă.

Şi, cum bibilica, nu-mi explic de ce, se află într-o stare euforică, îi fac pe voie, că n-oi muri eu din asta.

De ce m-aş perpeli privind pe tuşe
Cât geme-ncărcătoru-mi de cartuşe
De ce pe ţeavă glonţul să-mi rămână
Cât puşca-i dilatată ca o mână
Nu-i mai benefic să-l descarc în ţintă
Să văd şi eu triumful cum m-alintă ?

Muza-i pornită tot pe prostioare dar eu, pârlit, cu ce mă aleg, oare ? Cu râsu' şi cu plânsu' gratuite, n-am nicio şansă, te asigur, Mite.Şi nu-nţeleg această slăbiciune de-a trece din minune în minune. Eu cred că rezolvarea e tot patul, că laurul vestit zadarnic catu-l.

♦♦♦

Hărăzit cu abilitatea specială de a pătrunde în minţile oamenilor şi a le citi gândurile, iată ce am aflat de la stimabilul Donchi !
„Spectrul vinovăţiei nu mă părăseşte nicio clipă, nici ziua, nici noaptea, nici în culcare, nici în sculare. Mă simt atât de vinovat, încât aş prefera să nu exist. Şi sunt vinovat pentru tot ceea ce fac şi pentru tot ceea ce nu fac.
Faptul că-mi irosesc timpul în toate modurile posibile este o circumstanţă agravantă, care mă copleşeşte şi mă deprimă. Am impresia că fug şi vreau să mă ascund de mine. Că nimic nu mi se potriveşte, că niciodată nu sunt acolo unde trebuie, că tot ce fac e de mântuială.

Cum aş putea să-mi motivez absenţa din sfera creaţiei, cu ce argumente, cu ce dovezi ? Faptul că mai scriu câte-o poezioară sau mai adaug câteva rânduri paginilor de însemnări mă scandalizează şi mă umple de ruşine. Totul e o eschivă şi-o fugă din calea responsabilităţii, o laşă dezerţiune care mă dezonorează şi acuză.

N-am fost creat pentru pierderea în anonimatul contingentului, pentru irosirea în derizoriu. Existenţa mea cenuşie şi monotonă e o nesfârşită şi ruşinoasă agonie. Tertipurile mele ieftine cu aşa-zisa creaţie nu mă pot salva, destinul pe care mi l-am creat nu are nicio justificare.

Când stau să mă gândesc şi-mi revăd însemnările şi broşurile tipărite, nu-mi vine să cred că acesta pot fi eu şi mă apucă nu numai o imensă ruşine dar şi o nesfârşită lehamite de sine.

Unde sunt culmile divine pe care am dorit să ajung, unde e universul de lumină în care am visat să mă pierd, unde e Dulcineea visurilor mele şi iubirea de care am făcut atâta caz în toate împrejurările ?

Doamne, nu cred că am înnebunit, nu cred că am exagerat cu judecăţile reflecţiilor în oglindă! E infinit de trist şi de adevărat durerosul şi tragicul meu adevăr.

Iartă-mă, Doamne !"

Crucindu-mă de cele văzute, nu m-am putut abţine să nu strig ca un disperat „Oameni buni, acest individ nu e sănătos ! Feriţi-vă de el, că nu se ştie ce-i mai poate tuna prin scăfârlie !"

◆◆◆

Pe site-ul „Contributors.ro" scriitorul şi filosoful Gabriel Liiceanu publică articolul „Singurătatea unei doamne", în care prezintă imaginea neobositei luptătoare a disidenţei, Doina Cornea, care a încetat din viaţă, într-o discreţie totală, lipsită de tamtamuri şi onoruri.

Simţind nevoia să-mi exprim sentimentele faţă de Marea Doamnă care a ţinut sus drapelul luptei antitotalitare, ca şi cealaltă eroină Maria Rizea, am comis poezia care urmează, pe care am prezentat-o la „Comentarii"

.

SLAVĂ EROILOR NEÎNFRICAŢI

Patriotarzi şireţi, cu gura mare,
Produc ravagii la înaintare
Şi aburind mulţimi de gură-cască
Punctează astfel că îi lasă mască
        Prea mulţi ticăloşiţi produc urgia
Ce infestează toată România
De nu mai vede marile repere
Prea multe mituri calpe, efemere
        Durerea mea e peste cât se poate
Când văd crescând valorile trucate
În timp ce jertfa plină de grandoare
În ceaţa amneziilor dispare
        E trist şi ruşinos din cale-afară
Ce se petrece cu această ţară
Îmbolnăvită grav şi cangrenată
De haita ticăloasă şi turbată
        Creştini de mai suntem din Joi în Paşte
Doar Cel de Sus dezastrul îl cunoaşte
Şi nu mai ştiu la Marea Judecată
Cine-o să piardă, cine o să bată.

Există la acest neam, ca la puţini alţii, detestabilul obicei de a scoate din joc excelenţele reprezentative, fie suprimându-le, la propriu, fie marginalizându-le şi lăsându-le în uitare. N-am să înţeleg niciodată această răsucire a minţii care produce monştri asasini şi victime în rândul oamenilor noştri cei mai de seamă. Mi-e teamă că e un sindrom care ţine de gena noastră, altfel cum s-ar putea explica ?

◆◆◆

Colegul meu de facultate Aurel Ivan (Brezeanu), aflat într-o stare de sănătate nu tocmai de invidiat, m-a rugat să particip la întâlnirea anuală a absolvenţilor facultăţii de filologie, seria 1959-1963, care se va ţine pe 26 mai 2018.

Nu i-am promis nimic precis, în schimb am comis o poezie, un mesaj de suflet, pentru cei ce vor participa la eveniment, să ştie că sunt alături de ei. Nu ştiu nici dacă mă voi duce, nici câţi vor mai fi prezenţi dintre cei tot mai puţini rămaşi în viaţă. Recunosc că nu e cel mai potrivit gest dar, mi-e greu să fac altfel. Am mai fost de vreo două ori şi nu m-am simţit în toate apele mele.

◆◆◆

Abia astăzi, după vreo două-trei săptămâni, am isprăvit lectura romanului „Suspectul" de Michael Robotham, care m-a dat şi nu m-a dat pe spate.

Mai întâi pentru că am citit acest thriller psihologic pe capitole, cu întreruperi, ceea ce nu se face, pentru că se întrerupe firul narator şi se diluează substanţa romanului.

Apoi, pentru că prezentând întâmplările într-un mediu tipic englezesc, cu denumiri de personaje şi de locuri în limba respectivă, priza mea la lectură e întrucâtva diminuată, mai ales că acţiunea nu se desfăşoară linear şi apar pe parcurs noi surprize cu nedumeriri.

În fine, romanul atât de mult elogiat, este atât de psihologic, încât nici nu mai ştii până la urmă ce vrea să demonstreze autorul, cum rezolvă el problema suspiciunii.

Una peste alta, când am închis cartea împrumutată de la Cătălin, am răsuflat uşurat că am putut s-o parcurg cap-coadă.

Dar ceea ce mă preocupă în special e întrebarea presantă. Dacă nici eu, un nărăvit al lecturii, nu mă mai omor atât de mult cu ea şi-mi irosesc timpul cu alte mai prozaice preocupări, este pe deplin explicabil de ce tinerii ieşiţi de pe băncile şcolii, deveniţi captivi ai tehnologiilor, au renunţat aproape în întregime la farmecul şi seducţia lecturii. Fenomen deosebit de grav, cu consecinţe nefaste nebănuite.

Iar dacă nici Premiul Nobel pentru literatură nu se mai acordă, din pricina unui scandal sexual, vă puteţi da seama în ce ape ne scăldăm şi încotro se îndreaptă această lume degenerată.

◆◆◆

Prin spaţiu rătăcind ca o rachetă, am mai comis o „Ardere completă" pe care-am prins-o-n „Versuri amărâte", de-o place-o cineva, să mă sărute.

E indimenticabil câtă lavă evaporată se înalţă-n slavă şi luminează-n dansul ei eteric şi pur nemărginitul întuneric.

Atâta fericire nu încape în nici un organism purtat de ape, doar eu sunt copleşit de-o frenezie ce doar în poezie poa' să fie.

Pe-acest tărâm de plânsete şi jale mi-e imposibil să-mi găsesc o cale şi, d-aia, rătăcind ca o rachetă, mă mântuiesc în arderea-mi completă.

◆◆◆

Cu gâtlejul uns de o licoare pregătită special de mine, nici în pălărie nu mă doare, e OK şi nu îmi e ruşine.

Că la masa mea de brad -ce nu e chiar de brad- lucrez la prostioare –(parcă zici c-aş fi bătut în cuie)- faine, o lume să-nfioare.

Nu ştiu cui şi cât vor satisface gustul de lectură şi plăcere însă, cât creez în pace, deprimarea, ca o umbră piere.

Când şi când mai iau o sorbitură din cafeaua tare de pe masă iar licoarea dulce-ncet mă fură, mai dihai creaţia să-mi iasă.

Şi-uite-aşa, ca un nabab atipic, suveran pe zilele-mi fugare, universul tandru mi-l ramific, dăruindu-i noua mea cântare.

♦♦♦

Am trimis prin email manuscrisul la redacţia rev. Singur cu rugămintea de a-mi onora ultimele două-trei pagini iar mister Doru Dăncuş m-a servit mintenaş, cum o face întotdeauna. I-am trimis mesajul întrucât am cam rărit-o cu poeziile trimise şi nu vreau să creadă că am dat colţul. Bunul şi Drăguţul de Sus se îndură încă de mine, pupa-l-aş tălpile ! Eu cum să-L dezamăgesc ?

♦♦♦

Chiar dac-aş fi mai naşparliu ca Zorba, de vreo-nclinceală nici nu mai e vorba. Exclus fiind de la această treabă, pârlitul doar se miră şi întreabă cum naiba Cel de Sus a dat-o-n bară, ca să rămână-atâţi pe dinafară, doar ochii din orbite să le iasă când văd atâtea ciute cum se lasă.

O, Doamne, când constaţi că tot ce mişcă se-nfruptă din plăcerile cu frişcă şi, una-două, vezi cum cad pe spate de-atâta sex şi-atâta voluptate, te-apucă nebunia şi îţi vine să te arunci sub primul tren pe şine. De ce ai stabilit prin programare nenorocita de discriminare, ca bieţii de bătrâni să nu mai ştie nici cum se face o paranghelie darmite-o sănătoasă acuplare ! O, Doamne, cum ne duci la disperare !

Că sunt fixist sau obsedat, aiurea, vedeţi copacii împlinind pădurea, de nu se potrivesc perfect cu mine, atâta timp cât seva-i întreţine. Iubirea fără sex, iubirea goală e-o gogoriţă ce te bagă-n boală, de-aceea senectutea-i o povară prea greu de dus ce-adesea te omoară.

♦♦♦

Zavera e unul dintre bunii mei prieteni căruia îi ofer de fiecare dată când mi-apare o nouă carte, câte-un exemplar, să mă pomenească.

Deunăzi ne-am întâlnit la o berică în şopronul din fundul curţii. Şi, nici una nici două, a început cu tirurile.

-Ştii de ce nu frângi tu inimile ? Pentru că, faci tu ce faci, şi în scrisul tău se insinuează alarmant pesimismul, scepticismul, lamentaţia, văicăreala, acestea ajungând să adumbrească pasajele senine şi mobilizatoare. Acesta e cusurul tău, prietene !

Îl privesc cu toată stupoarea de care sunt capabil.

-Vrei să spui că nu sunt realist, că aş distorsiona sau mistifica realitatea ? Ai noroc că te cunosc şi suntem prieteni de-o viaţă dar, crede-mă, un hai sictir ! ţi s-ar potrivi ca o mănuşă. Cum poţi să mă insulţi în halul acesta ?

-Stai, bre, nu te ambala aşa ! Eu caut să-ţi arăt care sunt aspectele defavorizante ! Înţelege-mă ! Dacă în însemnările tale ai proporţiona melanjul, astfel încât să se păstreze un echilibru care să le facă mai uşor digerabile, totul ar fi OK, succesul ar fi mult mai uşor asigurat. Dar în tine există o parte care înclină spre spaţiul întunecat al lucrurilor pe care tu nu o controlezi sau nu o stăpâneşti cum s-ar cuveni. Crede-mă, ţi-o spun din suflet !

Proximitatea lui atât de dispusă să judece mă enervează şi abia mă pot abţine să continuăm decent dialogul.

-Mă uit la tine ca la felul paişpe. Ce uşor îţi vine să biciuești și să ştrangulezi ! Cât de simplu e să-i judeci pe alţii ! Dar, pune-te în locul lor, trăiește în pielea lor, atunci să te văd cum ai mai dansa ! Contextul mizerabil în care agonizez mă obligă să privesc și să redau astfel lucrurile, nu faptul că-mi place mie să le prezint în negru !

-Perfect ! Dar în acelaşi context mă aflu și eu ! Și nu pot trece cu vederea aspectele pozitive, evenimentele stimulatoare și chiar actele de curaj și excelenţă cu care ne putem mândri ! Numai aseară, la a treia semifinală a emisiunii Românii au talent , am putut constata cât de generoasă e viaţa şi cum ne poate mobiliza pentru fapte remarcabile. Meritele tinerilor care trăiesc prin alte ţări şi revin în ţară de dorul ei şi al celor dragi, doar să arate că nu-și irosesc zilele, că fac și ei ceva merituos, poate chiar exemplar, nu sunt demne de interes? Ba, mai mult, străinii care se căsătoresc cu fete de la noi şi nu mai pleacă, se stabilesc aici şi dezvoltă proiecte îndrăzneţe, nu merită admiraţia noastră ? Dar câte alte exemple nu sunt, câte moduri de frumuseţe şi entuziasm care ne emoţionează măcar pentru o clipă, acestea nu sunt relevante, de ce să nu figureze în cronicile noastre ?

Îl privesc cu aceiaşi ochi scrutători și lucizi, accept afirmaţiile sale, dar nu pot ignora celelalte aspecte ale realităţii, care ne şochează și îndurerează atât de mult.

-Ai dreptate, nu te contrazic, dar judecăţile noastre, oricât ne-am strădui, rămân parţiale şi subiective. Cum aş putea trece cu vederea nebunia scandaloasă de pe scena politică, abuzurile şi ticăloşiile care se petrec, inconştienţa, prostia, rapacitatea şi ura care se revarsă ca o magmă aprinsă peste societatea noastră fărămiţată şi năucită ? Cum ai putea înainta peste hecatombele de cadavre prefăcându-te că nu vezi sau că n-ar exista ? Vezi tu, prietene, că multitudinea şi diversitatea aspectelor din viaţa noastră nu numai că nu rimează dar au tendinţa să se şi anihileze reciproc. Şi-atunci, cum poţi păstra un echilibru al balanţei, cum trebuie să fii şi să te manifeşti, pentru a nu deveni nici partizan, nici justiţiar, nici indiferent ? Viaţa e mult prea complexă şi complicată pentru a pretinde că o putem noi cunoaşte în întregime şi monitoriza cu eficienţă.

Zavera îşi soarbe licoarea din pahar, îmi zâmbeşte cu o amărăciune greu de disimulat şi mi se adresează.

-Şi tu ai dreptate, monşer ! Suntem aşa cum suntem, facem ceea ce facem şi nu putem cuprinde întreaga magnitudine şi splendoare a vieţii. Dialogul nostru nu poate avea un sfârşit, decât dacă vrem noi să-l retezăm cu tot dinadinsul. Dacă te-am supărat, te rog să mă ierţi, n-a fost în intenţia mea !

-Cum să mă supăr, dragule, chiar îţi mulţumesc pentru vizită. Şi n-om fi noi atât de slabi la minte încât să ne lăsăm prinşi în plasa conflictelor şi agresiunilor de tot felul ! Cum vezi că, din păcate, se întâmplă la tot pasul.

◆◆◆

Să fim serioşi ! Pesimism e acesta când vezi în ce hal a ajuns societatea românească, până unde s-a ajuns pe toboganul dezastrului ?

Aseară la Realitatea TV monitorizată de Bogdan Rareş, invitaţii, printre care supravieţuitori ai evenimentelor din dec.1989 şi iunie 1990, dezbăteau tocmai acest fenomen cauzat de comuniştii şi securiştii care au rămas în sistem, devenind forţa conducătoare a tuturor nenorocirilor care s-au abătut peste noi. O jurnalistă chiar   sublinia că aşa-zisa condamnare

43

oficială a comunismului a fost doar un fâs, care n-a avut nici un efect, atâta timp cât forţele conservatoare şi retrograde au rămas intacte şi active.

Iată, s-au scurs aproape trei decenii de existenţă năucitoare, timp în care ţara a fost prădată şi jefuită mai rău ca-n codru, şi nici măcar vinovaţii de genocid din 1989 şi 1990 nu au fost judecaţi şi condamnaţi. Nici până astăzi apele nu s-au limpezit, societatea românească e fărămiţată şi manipulată, cârdăşia forţelor retrograde acţionează în forţă şi e în stare de noi şi noi silnicii şi crime, numai să rămână la putere, oamenii fug în toate părţile lumii ca şobolanii de pe corabie, viaţa a devenit pentru multă lume un adevărat coşmar, nimic nu ne îndreptăţeşte să sperăm în zile mai bune.

Aşa că, dragă Zavera, e cum nu se poate mai rău, în pofida tuturor tamtamurilor care nu mai prididesc să ne ameţească.

◆◆◆

Vreme trece, vreme vine
Vai de voi şi vai de mine
Că uitaţi de Cel de Sus
Zilele ni s-au cam dus
Tot aşa cum au venit
Fără urmă de venit.

Realitatea bipolară în care trăiesc îmi sfâşie sufletul. Şi-mi blochează impulsul creator.

Pe deoparte, emoţiile copleşitoare produse de operele de artă şi de talentul etalat de românii noştri nu numai la emisiunea „Românii au talent", pe de cealaltă parte, spectacolul mizerabil pe care-l prezintă forţele politice aflate într-un veşnic conflict.

Niciunul din dezideratele esenţiale şi imperioase ale ţării nu a fost realizat. Cârdăşia ticăloşilor aflaţi la putere a ţinut cu dinţii ca acestea să nu se realizeze, blocându-le efectiv, tergiversându-le, eludându-le, minimizându-le, aruncându-le în derizoriu sau ignorându-le pur şi simplu.

.Nici procesul comunismului nu s-a efectuat efectiv, nici procesul criminalilor de la evenimentele sângeroase din decembrie 1989, nici procesul mineriadelor din 1990, nici procesele penale împotriva corupţiei, nici...nici...Toate acestea ar fi dus la anihilarea forţelor retrograde comuniste şi la instaurarea unei democraţii reale, ceea ce nu s-a întâmplat, pentru că nu s-a vrut sub nicio formă.

Societatea românească îşi continuă tragedia, zbătându-se în lupte sterile şi în confuzia menţinută sistematic, pierzând pe toate planurile şi trăind o agonie fără sfârşit. Or, această situaţie dramatică persistă numai din cauza politicii care se face şi care, după umila şi onesta mea opinie, constituie o crimă odioasă şi imprescriptibilă Un simplu exerciţiu de imaginaţie v-ar duce, în lipsa acestora, la cu totul alte concluzii.

Bucuria provocată de etalarea talentelor tinerilor reveniţi în ţară ca să-şi urmeze visurile şi idealurile împreună cu compatrioţii lor este adumbrită şi sufocată de mizeria politică în care suntem nevoiţi să ne zbatem.

♦♦♦

Pe cât de mari aşteptările, pe-atât de frustrantă dezamăgirea ! Cine s-ar fi gândit că, după victoria în semifinale cu rusoaica Maria Şarapova, machedoanca noastră Simona Halep va capota atât de neverosimil în finala de tenis de la Roma cu ucraineanca Elina Svitova ?

O tenismenă, fără nicio scuză,

45

A fost învinsă drastic de trei ori
De-o jucătoare care se amuză
Că poţi c-un nomber one să te măsori.
Nici nu vreau să mă gândesc câţi fani de pe întregul
mapamond sunt dezamăgiţi.

◆◆◆

Un pustnic fluiera într-o grădină
Un splendid potpuriu fără sfârşit
Şi nu-i păsa de fel c-o să devină
Solistul adulat sau chiar hulit
Doar păsările-n zilele de vară
Se întreceau cu el prin arboret
Nesinchisindu-se că pot să piară
În ghearele unui motan şiret
Era o emulaţie de triluri
Şi ondulaţii dulci de fluierat
Că nici cele mai suple vodeviluri
În joc cu ele n-ar fi câştigat
Bătrânul, prins în mrejele visării,
Fenomenal fiind, de neoprit,
Se şi vedea pe valurile mării
În croaziera lui prin infinit
Uitându-şi şi de foame, şi de sete
Oficia măiastru printre flori
Cu-alaiul de efebi şi majorete
Gândindu-se c-ar fi păcat să mori.

◆◆◆

De m-aş gândi mai serios la mine cum, de atât
inert, mă sting de viu, o expediţie mi-ar prinde bine,
chiar şi pe Everest sau prin pustiu.

Mi-aş pune ligamentele-n mişcare şi mi-aş supune muşchii la efort, mi-ar fi mai multă poftă de mâncare şi n-aş mai trândăvi nicicum, nici mort.

Poate aşa aş prinde chef de viaţă, şi mi-ar veni mai de folos idei, eventual să patinez pe gheaţă asezonat cu nobile femei.

Sau poate s-ar trezi din somn berbantul ce-a lâncezit atât amar de timp şi-aş deveni uşor-uşor amantul ce-şi vămuie puicuţele-n Olimp

De m-aş lăsa cuprins de-un dor de ducă şi m-aş aventura în necuprins poate m-ar accepta şi vreo duducă să nu mai cred că-s un ratat învins.

Oricum, m-aş smulge din această stare ce nu m-avantajează-n nici un fel şi poate-aş dovedi cât sunt de tare ca mare inspirat sau ca model.

Deci, dragă Donchi, lasă-te de goange, şi sparge cercul tău atât de strâmt, nu-i imposibil să te vezi pe Gange sau orice alt reper de pe pământ.

◆◆◆

Efebul nostru tânăr şi neliniştit care a luat bac-ul şi l-a celebrat printr-o festivitate de zile mari a plecat la meditaţie.

Părinţii lui au plecat la o înmormântare, după ce au venit de la cimitir.

Subsemnatul trebuia (?!?) să mă prezint la întâlnirea anuală cu foştii colegi absolvenţi de facultate, dar, fără nicio motivaţie sau justificare, n-am făcut-o. Am preferat să rămân acasă, unde am revăzut în mare parte filmul „Verişoara mea Rachel".

Consemnez aceste lucruri, în pofida recomandărilor exprese făcute de coana Joiţica, de a nu mai scrie despre cei din familie, pentru a mă amăgi că n-a trecut ziua fără a mai spune câteva cuvinte. Şi pentru a-i aduce vieţii cel mai înalt omagiu. Oricâte drame şi tragedii s-ar petrece în fiecare moment,

47

oricâtă suferinţă şi durere s-ar consuma, nimeni nu i-ar putea contesta frumuseţea şi grandoarea, capacitatea infinită de a se situa deasupra tuturor ororilor şi mizeriilor morbide posibile.

Fac aceste scurte adnotări sub impresia puternică a celei de-a cincea semifinale a emisiunii-concurs „Românii au talent" unde s-au remarcat talente memorabile cu mult aplomb şi strălucire, printre care copii de nouă ani ca libanezul Marco Mahre, un mic geniu al matematicii, şi Nicholas Obedeanu Mihalache, în vârstă de doisprezece ani, care face cu pianul adevărate demonstraţii de creativitate, virtuozitate şi emoţii.

MESAJ COLEGIAL

PENTRU ÎNTÂLNIREA ANUALĂ
A ABSOLVENȚILOR FAC. DE FILOLOGIE BUCUREȘTI

SERIA 1959 – 1963

DIN 26 MAI 2018

Iertat să-mi fie că n-am onorat
Evenimentul ce l-ați pregătit
Cu-atâta nerăbdare dar, păcat,
N-a fost să fie, sunt un prăpădit
   Și vă iubesc frățește, și vă iert
Pentru păcatele, oricât de multe,
Chiar de veți fi lucrat la Doi și-un sfert
Sau alte invizibile oculte
   N-am nici un merit să serbez cu voi
Simțind savoarea vieții împlinite
Căci m-am zbătut în multele nevoi
Și prea puține mi-am putut permite
   Și știu ce neplăcut e să refuzi
O mână-ntinsă camaraderește
Și chiar e rușinos să-ți lași mofluzi
Colegii ce te-așteaptă cu vreun pește
   Însă, iubiții mei contemporani,
Complexitatea vieții nu ne lasă
Să ne-amintim că tineri, fără bani,
Eram și liberi, și oriunde-acasă
   Și chiar de știu că logosu-mi cinstit
Nu l-am ținut așa cum se cuvine

Eu în credinţă v-am mărturisit
Şi nu mă ruşinez nicicum de mine
Consideraţi că spiritu-mi, prezent,
Contribuie la clipa savuroasă
Cu suplimentul ei de transcendent
Şi dovedind că de nimic nu-i pasă
Fiind de bătrâneţe-mpovăraţi
Cu ale ei probleme şi belele
Putem acţiona ca nişte fraţi
Şi nu ne speriem atât de ele
De-i clipa privilegiul acordat
Datori suntem s-o facem să ne fie
Acel spectacol unic, minunat
Pe care-l sublimăm în poezie
Deci, dragii mei, să n-o lungesc prea
mult,
Simţiţi-vă OK şi fără mine
Iar eu mi-oi face timp să vă ascult
Oricând (oricât) de pe colinele divine.

N.B.- Chiar dacă poezia mea de suflet nu va fi degajând tot atâta energie răscolitoare ca în cazul idolilor cu statui încă din viaţă, atât de adulaţi de mulţimi, chiar dacă modul cum mă prezint e departe de prezenţa tumultuoasă şi dominatoare a barzilor mioritici atotprezenţi, umil şi onest mă împac cu gândul că am fost alături de voi, nu v-am trădat şi v-am dăruit întreaga mea iubire.
Să fiţi sănătoşi, activi şi iubiţi !

♦♦♦

SUPLIMENT EXPLICATIV

Am vrut s-ajung poet, şi am ajuns

O mediocritate oarecare.
Crezând că-i Cel mai tare din parcare
Spuneţi-mi voi, acesta-i un răspuns ?
Puţin am vrut, puţin am obţinut.
Nu am avut pe nimeni să mă-nveţe
Ce-ar trebui să fac, în alt ţinut
Spiritual să-mi caut de bineţe
       Vreo douăzeci şi opt de cărţi subţiri
De-am scris o viaţă, cine le admiră ?
Tu poţi, surprins acum, să te şi miri
De-acest pârlit îndrăgostit de liră.
       Dar eu susţin că-s un neisprăvit
Ce n-a ştiut ce cale să urmeze
Şi de aceea nici nu mi-am găsit
Un echilibru între antiteze
       O viaţă irosită-n acest fel
Nu zic că e complet dezonorantă
Dar nici nu mă găseşte la apel
Cu vreo realizare importantă.
       Iubiţii mei contemporani, regret
Că vă dezamăgesc, dar…asta este !
Am fost şi eu cândva doar un poet
Rătăcitor în Veşnica Poveste.

◆◆◆

P.S.- Dacă o afurisită de gripă nu m-ar ţine captiv în propriul bârlog, fiţi siguri că mi-aş fi călcat pe inimă şi aş fi venit la întâlnire. Nici de data aceasta n-a fost să fie ! Poate vrea Domnul la următoarea. Să fiţi iubiţi şi sănătoşi !
Dominic Diamant

◆◆◆

Mi-a telefonat Aurel Ivan, fostul coleg şi prieten de facultate , să-mi reproşeze faptul că nu m-am învrednicit să merg la întâlnirea anuală. Au fost puţini prezenţi, vreo douăzeci de bătrânei, care de care mai şubred. Au servit masa tot la terasa Monte Carlo din Cişmigiu, ca şi-n ceilalţi ani.

Poeziile primite şi printate de Nae Constantinescu au fost citite şi dezbătute în plen. Cu toată delicateţea, Aurel Ivan mi-a reproşat că sunt prea pesimist şi mi-a recomandat să-mi schimb optica păguboasă care nu mă reprezintă.

Mi-am cerut scuze şi a rămas ca anul viitor, dacă vrea Cel de Sus, să vină el să mă ia. Am fost de acord cu propunerea.

◆◆◆

Adicătălea de ce mi-aş sparge eu creierii, irosindu-mi timpul atât de preţios, ca să analizez jocurile mizerabile din sfera politichiei, când până şi cele mai elementare jocuri ale copiilor nevoiaşi din cele mai îndepărtate cătune prezintă mai mult interes şi emoţii ? Ce să mai spunem despre copiii şi tinerii care participă la diverse concursuri şcolare şi artistice şi impresionează atât de mult prin performanţele lor ?

De ce nu mi-aş lăsa bidiviul inspiraţiei să alerge şi să zboare cât doreşte, crescându-mi adrenalina şi lăsându-mă cu sufletul la gură ? Ar putea exista termeni de comparaţie între domeniul politicii şi cel al ficţiunii, când zi de zi, de-o viaţă sunt târnosit şi lovit cu capul de toţi pereţii de tornadele funeste ale politicii provocând numai dezastre ?

O, Doamne, dar e infinit mai benefic să baţi câmpii cu graţie, liber şi nestânjenit de nimic, decât să te amesteci în cârdăşiile infame care luptă pentru putere şi jaf. Sunt extrem de rare în istorie cazurile când prestaţiile politicii au dus lumea înainte şi au slujit progresului.

Numai o oră petrecută într-o şedinţă dezlănţuită a unui parlament, unde se înfruntă toţi nebunii, te poate duce în sevraj, timp în care un film sau altă operă de artă te poate înălţa în slavă, făcându-te să fii mândru de specia din care faci parte.

♦♦♦

Intrăm cu ploi şi fulgere în vară şi nu-i deloc exclus s-o dăm în bară cu-atâtea complicaţii de rahat în care singuri noi ne-am implicat.

Justiţia cea oarbă se preface că pe aici e linişte şi pace când, de coruptă, nici ea nu mai ştie ce-ar putea face să rămână vie.

Armata, cea dintotdeauna-n frunte, e nevoită doar să se confrunte cu fel şi fel de drastice probleme de care însăşi ea acum se teme.

Învăţământul ce-a intrat în cofă e cam de multişor o catastrofă şi nimeni nu e vrednic să-i refacă imaginea ştirbită şi săracă.

De sănătate ce să spun, e jale, vedem cum mor copiii prin spitale şi cum bătrânii se sfârşesc cu zile că n-au medicamente şi pastile.

Biserica-ndurând o boală lungă nu ştie cum să facă să ajungă din nou inamovibilă să fie, credibilă, lipsită de trufie.

Oricum am da-o, oricum am întoarce, suntem aceiaşi blestemaţi de Parce şi, neavând puterea necesară ca să ne revenim, o dăm în bară.

Mamonia rămâne deocamdată acel tărâm cu lumea lui ciudată ce nu se oboseşte să revină în zona de progres şi de lumină.

De-aceea ameţeala mă apucă să mai persist cu slova mea caducă, văzând că n-am cu cine a mă bate şi, resemnat şi trist, mă-ntind pe spate.

♦♦♦

Aflat pe cai mari, citit, tradus, transpus în filme şi omagiat în toată lumea, prietenul meu M.B.Silu nu şi-a uitat de mine şi a reluat dialogul mai vechi, întrerupt din motive obiective.

-Vezi, tu, dragă Donchi, lucrurile nu se manifestă niciodată aşa cum se văd şi prezintă. Realitatea e cu totul alta, de cele mai multe ori inaccesibilă privirii obişnuite. Dacă luăm în discuţie numai propriul caz, de sub egida gloriei şi celebrităţii, poţi constata că totul se aseamănă cu un ocean învolburat căruia îi sunt urmărite şi cunoscute îndeosebi valurile de la suprafaţă, tulburările din adânc rămânând de cele mai multe ori necunoscute.

-Vrei să spui că imaginea ta este incompletă şi deficitară ?

-Chiar aşa, prietene drag ! Eu mă pot bucura de toate succesele mele şi ale confraţilor, îmi trăiesc clipa activ şi cu toată intensitatea , am multe satisfacţii profesionale şi sentimentale şi, totuşi, viaţa mea nu se reduce doar la atât. E mult mai complexă şi cuprinzătoare, fapt care nu e atât de accesibil ochiului comun.

Privesc la el ca la felul paişpe iar el îmi vede nedumerirea şi încearcă să fie mai explicit.

-Deşi moartea reprezintă pentru mine un fapt normal, ca oricare altul, şi nu mă preocupă câtuşi de puţin, de câte ori rămân singur, mă trec fiori reci pe şira spinării. Singurătatea este pentru mine o imensă necunoscută, un spaţiu in(de)finit în care mă pierd şi nu-mi găsesc nici un sprijin. Aici realizez cu adevărat cât de dramatică e existenţa mea deconectată de la mecanismele vieţii sociale. Aici pot dispărea într-o fracţiune de secundă, fără să ştie nimeni ce s-a petrecut cu mine şi unde am dispărut.

Intervin şi eu la acest punct sensibil.

-Ei bine, monşer, ai pătruns pe domeniul meu şi mă simt dator să spun două cuvinte. Pot spune că existenţa mea, în totalitatea ei, s-a desfăşurat cu precădere în spaţiul singurătăţii. Chiar şi atunci când am muncit, când am avut o viaţă familială sau, mai târziu, când am locuit cu fiul meu căsătorit, în cea mai mare parte mi-am petrecut timpul în singurătate, suportând cu stoicism toate tribulaţiile şi convulsiile ei, ajuns, la limita supravieţuirii, să mă mulţumesc cu extrem de puţin, doar cât să pot respira şi amăgi că sunt conectat la viaţă. Surprinzător şi paradoxal e faptul că, iată, în aceste condiţii, am prilejul să mă întâlnesc cu tine, care te afli la polul opus. Şi nu ştiu cărui fapt se datorează această intersecţie.

-Eu cred că nu ar trebui să fii surprins şi consider că încă din start Creatorul ne-a programat această posibilitate, pentru a ne întâlni cu noi înşine şi a înţelege dramatismul şi efemeritatea destinului omenesc. Întotdeauna îi voi privi cu compasiune şi empatie pe cei însinguraţi şi neajutoraţi. Tu, dragul meu, poţi fi convins de acest lucru, din moment ce mi-am adus aminte de tine şi am ţinut în mod expres să reluăm dialogul.

-Îţi mulţumesc şi te rog să primeşti toată afecţiunea şi admiraţia mea. Cine pe lumea asta ar putea contesta supremaţia iubirii ?

◆◆◆

-Îmi cer scuze că intervin în discuţia voastră. Sunt Mona Ramer şi dacă spaţiul virtual îmi permite s-o fac, de ce să nu beneficiez de acest fapt ?

Dragii mei, nu pot să nu rezonez cu afirmaţiile voastre. Despre singurătate se poate vorbi mult şi bine, e un subiect atât de gras încât poate fi muls la nesfârşit. Nu pot uita viaţa nefericitei poete americane Emily Dickinson care, în partea finală a vieţii, s-a retras într-o totală recluziune, rupând orice relaţie cu lumea exterioară şi scriindu-şi opera în aceste condiţii vitrege.

Îmi îngădui să cred că singurătatea este singurul mod în care creaţia are toate şansele să izbândească pe deplin. Oricât de straniu şi dureros ar părea, acesta e spaţiul incomensurabil al supremelor realizări artistice şi nu numai. Fără să mă laud, pentru că nu-mi stă în caracter, aşa am putut să dau viaţă la poalele unui munte, unde m-am retras cu mulţi ani în urmă, unui adevărat şi cuprinzător muzeu statuar în aer liber care, sper eu, să spună ceva şi să dăinuie. Dacă nu dispuneam de libertatea totală pe care ţi-o asigură solitudinea, şi n-o exploatam cu determinare şi rigurozitate, astăzi nu m-aş fi încumetat să mă insinuez în discuţia voastră. Fără iubirea necondiţionată, mergând până la jertfa de sine, creaţia durabilă nu poate exista. Aşa că vă înţeleg afirmaţiile şi rezonez pe deplin cu voi. Restul nici nu mai contează.

◆◆◆

Îl iubesc pe acest om. Stabilit de zeci de ani în New York, nu uită să vină anual în România, unde pune în scenă maximum două-trei piese din marii clasici ai teatrului universal.

L-am revăzut aseară pe un post de televiziune unde era invitat să vorbească despre ultima piesă pe care a pregătit-o, şi anume „Mult zgomot pentru nimic" de Shakespeare. Marele nostru regizor a oficiat cu un patos de zile mari despre actualitatea celui mai mare dramaturg al lumii, care a intuit şi prezentat ca nimeni altul marile primejdii care pândesc lumea noastră şi o destramă. Delaţiunea e una dintre ele, şi se manifestă pretutindeni, cu o putere de insinuare şi iradiere inimaginabilă, împingând omul până la limitele lui umane. Andrei Şerban, căci despre el este vorba, făcea eforturi vizibile şi se străduia din răsputeri să prezinte capacitatea teatrului de a evidenţia ca în oglindă tarele care macină umanitatea contemporană.

Nu ştiu de ce, fără a fi nici dramaturg, nici regizor, nici filosof, viziunea mea despre lume se

56

potriveşte cu a lui şi cu a altor mari oameni de cultură dedicaţi, ca o mănuşă. Opiniile lui despre societatea românească, extrem de critice şi la obiect, m-au uns pe suflet. Întrebat de moderatoare dacă este optimist, a afirmat că vrea să fie, ceea ce nu e totuna cu este, şi, iarăşi, acesta e şi punctul meu de vedere. Societatea civilă se află încă în stare de somnolenţă, apatică şi indiferentă la marile probleme şi venirea lui aici cu piesele pe care le pune în scenă are drept scop exact şocarea, zguduirea spectatorului, scoaterea lui din amorţire şi trezirea conştiinţei de sine.

♦♦♦

În sfârşit, minunea s-a produs !

Fătuca noastră luptătoare din tenis, care a prilejuit cele mai vii controverse de-a lungul anilor şi căreia i-am dedicat o poezie acum câţiva ani, sportiva cu o voinţă extraordinară care a crezut în visul ei, SIMONA HALEP a câştigat Marele Şlem din concursul de la Roland Garros din Paris, stârnind admiraţia şi simpatia întregii lumi.

Un asemenea eveniment care are loc după patruzeci de ani când, pe primul loc în lume s-a clasat românca Virginia Ruzici, merită să fie consemnat, intrând în istorie. Cine ştie câtă apă va trebui să mai curgă până la un alt asemenea eveniment ?

♦♦♦

Ce nemaiîntâlnită mascaradă o lume-ntreagă a putut să vadă !

Campioana noastră , nomber one mondial, a fost primită pe Arena Naţională de vreo douăzeci de mii de bucureşteni.

Ceea ce nu are precedent şi ne face de cacao în faţa întregii lumi, e faptul că primăriţa Gabriela Firea, persoană importantă în partidul majoritar de la putere, ca să-i acorde cheia oraşului şi titlul de cetăţean al capitalei, s-a repezit să fie prima pe scenă şi să-i îndruge cuvintele de bun venit extrem de patetică, producând huiduiala insistentă a tuturor participanţilor la eveniment. Aşa ceva nu s-a mai pomenit pe plaiurile noastre mioritice.

Am văzut şi eu acest greţos spectacol şi nu m-am putut abţine s-o gratulez cu câteva cuvinte de alint pe această scroafă în călduri cu o conştiinţă de sine hipertrofiată.

Huiduitul general al întregii arene şi al tuturor românilor cu acces pe facebook a determinat-o să dispară imediat din peisaj şi să-şi şteargă blogul de pe facebook.

Nu mai puţin surprinzătoare şi absurdă este poziţia ministrului Justiţiei, Tudorel Toader, care, în excesu-i de zel, consideră că preşedintele ţării Klaus Iohannis, care i-a citit raportul asupra Justiţiei şi nu s-a pronunţat asupra lui, urmând să-l mai citească pentru a înţelege ce-a vrut să spună ministrul, aşadar, piticania consideră că preşedintele a creat un precedent extrem de periculos, neînghiţindu-i palavrele pe nemestecate. Este tot o premieră de cacao în faţa lumii întregi.

Nu ştiu cum au ajuns să se înfrunte
O stâncă ordinară cu un munte.
Ea crede şi susţine sus şi tare
Că-i cea mai mare sculă din parcare
Şi că nimic n-o poate da deoparte
Ceea ce e o glumă ca la carte
Pleşuvul munte tace şi le face
Ca un broscoi ascuns sub carapace

Lovind în plinul stâncii ordinare
Exact atunci şi-acolo unde-o doare
Care-i finalu-n astă mascaradă ?
De-avem răbdare, lumea o să vadă
În nici un caz nu biruie o stâncă
Unde-i un munte şi o vale-adâncă.

◆◆◆

Datorită faptului că forţele întunericului, reprezentate de TBC-iştii şi şobomanii regimului totalitar, disipate în toate compartimentele şi la toate nivelurile societăţii, au rămas active, Mamonia a ajuns într-o asemenea fundătură că nu se ştie cum va mai reuşi să iasă. Instituţiile de bază ale statului- Parlament, Guvern şi Preşedinţie- se află într-un conflict declarat, gata să se sfâşie, iar societatea civilă, năucită şi perplexă, asistă neputincioasă la acest sinistru spectacol care nu mai ia sfârşit.

În acest timp mizerabil întreaga suflare e nevoită să suporte şi fenomenele extreme ale naturii, cu vijelii, furtuni, grindină şi inundaţii care fac ravagii cutremurătoare.

Pentru ca meniul să fie complet, nişte profesori şi cercetători americani, în urma unor studii laborioase, au prezis că anul 2018 va fi bântuit de mari cutremure, dintre care cel puţin unul va avea loc în România.

◆◆◆

-Te văd încruntat, stimabile, ce s-a întâmplat ? mi se adresează un vecin.

-Nu ştii cât m-a putut enerva un dobitoc !

-Nu mai spune ! Da, ce ţi-a zis ?

Şi îi explic deîndată toată tărăşenia.

-Am citit pe site-ul „Contributors.ro" articolul „Eminescu astăzi" de prof. Ionel Funeriu, pe care l-am apreciat în forum. Ei bine, citind şi contribuţiile forumiştilor, un oarecare Harald, băga-l-aş în pizda

59

măsii, scuze!, m-a scos din ţâţâni cu aserţiunile lui stupide şi duşmănoase. Individul afirmă ritos, nici mai mult, nici mai puţin că „Deşi pare o blasfemie, lipsa de interes pentru poezie în general şi pentru poezia eminesciană în special, e o dovadă de sănătate psihică pentru adolescenţii de azi". Specimenul reia şi mai jos afirmaţia, completând-o cu altă perlă „Transformarea României într-o ţară normală include şi renunţarea la idoli ca Eminescu „

Elucubraţiile tipului m-au înfuriat într-atât, încât m-am exprimat ad-hoc ca forumist, dându-i peste rât spurcatului denigrator cu asemenea curaj nebun. Nu-l puteam lăsa pe acest parşiv cu pretenţii să aibă ultimul cuvânt şi, drept urmare, l-am pus la punct !

-În cazul acesta nu văd de ce aţi mai fi încruntat !

-Sunt, pentru că nu mi-a trecut iar aberaţiile individului sunt de o gravitate inadmisibilă ! Am, totuşi, minima satisfacţie că l-am pus la punct şi mi-am exprimat punctul de vedere privindu-l pe Eminescu în eternitate.

◆◆◆

Aşa-zisul Harald s-a şi grăbit să-mi răspundă, declarându-se de acord cu studiul operei lui Eminescu în universităţi dar reproşând dascălilor că-i chinuie pe copii, îndoctrinându-i. Nu m-am mai obosit să-i dau o replică inutilă, considerând că scurta mea intervenţie pe forum a fost clară şi suficientă.

Pentru că astăzi e solstiţiul de vară, cu cea mai lungă zi din an iar aceasta a debutat cu o ploaie straşnică şi cu descărcări electrice ce-au declanşat soneriile maşinilor parcate şi spaima ancestrală a pisicii Lea, care a intrat în fibrilaţii şi nu ştia unde să se ascundă, am ieşit în grădină, am cules de pe jos ultimele două caise căzute, le-am spălat şi le-am mâncat miezul, curăţându-le coaja afectată de mană ca la pepeni.

Prietenul meu din Constanţa şi şeful „Cenaclului Mihail Sadoveanu" , stimabilul Aurel Lăzăroiu, mi-a trimis un email prin care anunţă lansarea concursului de eseuri şi proză scurtă „Fascinaţia mării", tuturor amatorilor să participe. Nu ştiu dacă voi participa dar am comis o scurtă povestire de două pagini intitulată „Dispărut fără urmă", în care prezint peripeţiile unui tânăr absolvent al Institutului Superior de Marină care, fiind victima unui proces fabricat de Securitate şi condamnat la închisoare, a fugit peste graniţă cu acte false în Grecia, unde îl aştepta iubita sa Penelopa, împreună cu care şi-a construit o carieră de scriitor fulminantă şi un microeseu de o pagină intitulat „Eterna mea iubire, marea".

Până la urmă m-am decis şi le-am trimis Cercului Militar Constanţa care mi-a şi răspuns de confirmare.

CONCURSUL „FASCINAŢIA MĂRII",
ediţia a VI-a, 2018
ETERNA MEA IUBIRE, MAREA

Însăşi sintagma „Fascinaţia mării", care este şi titlul concursului, este, pe cât de succintă, pe atât de grăitoare şi relevantă.

A vorbi (scrie) despre mare este totuna cu a sta îngenuncheat în faţa Creatorului, rugându-te şi mulţumindu-i pentru privilegiul unic de a exista ca fiinţă gânditoare şi creatoare.

Marea reprezintă sanctuarul primordial, spaţiul originar al vieţii de pe Planeta Albastră, crugul miraculos din care au luat naştere toate vieţuitoarele, care a devenit leagănul şi mormântul acestora în eternitate.

Marea este locul magic şi etern seducător care, în accepţia lui cea mai largă, este spaţiul fluid maternal, asemănător lichidului amniotic din pântecul mamei – pârâu, râu, baltă, lac, mare şi ocean- care stăruie îmbietor în mentalul omului, din clipa naşterii pe tot parcursul vieţii.

Nu se poate concepe absenţa mării, sub toate reprezentările ei, fără absenţa vieţii. Parafrazându-l pe marele nostru scriitor Marin Preda, am putea spune că „Dacă mare nu e, nimic nu este".

Dovada irefutabilă a existenţei şi fascinaţiei marine se găseşte în toată istoria artei şi culturii de pe tot pământul, în toate formele de creaţie şi reprezentare, în toate visele şi visurile umanităţii. Atracţia ei, puterea ei de seducţie este copleşitoare, imposibil de negat, ignorat sau respins.

De mic copil am beneficiat de marele privilegiu al apei binefăcătoare, Argeşul trecând prin satul în care m-am născut şi trăit până la treizeci de ani când, prin căsătorie, am devenit bucureştean. Amintirile legate de acesta au rămas adânc întipărite în memoria mea şi le-am prezentat cu toată dragostea de care sunt capabil în puţinele mele cărţi editate pe banii mei puţini de pensionar.

Contactul siderant cu marea adevărată, despre care ştiam numai din lecţiile de la şcoală şi din lecturile şi filmele văzute, s-a produs la vârsta de şaptesprezece ani, când am intrat la Şcoala Militară de Marină din Constanţa.

Încă de când am zărit-o din trenul care mă ducea spre Constanţa, am rămas cu gura căscată, crezând că mă aflu în faţa unei nesfârşite culturi de porumb verde, vălurindu-se în bătaia vântului. Abia când m-am mai apropiat de destinaţie am realizat că mă înşelasem amarnic şi că splendida imagine din faţa ochilor era chiar marea cea mare. Din acel moment relaţia mea cu marea a devenit intimă şi pe viaţă, ca o iubire statornică şi necondiţionată.

Apoi, ca elev al Şcolii Militare de Marină m-am bucurat nu numai de prezenţa ei familiară ci şi de magia ei, de valurile ei răcoroase, în perioada exerciţiilor de pe mare cu nava Libertatea.

Neavând pretenţia gratuită să cred că scurtul meu eseu excelează prin stil şi rafinament, sau că măcar corespunde exigenţelor cerute de realizarea unui eseu, nearogându-mi vreun merit pentru faptul că m-am învrednicit să abordez acest generos subiect, şi, pe bune, necrezând că aş putea fi, tratându-l, cel mai tare din parcare, rămân la ideea, nespus de dragă mie, că marea, în general, şi Marea Neagră cu litoralul ei mirific, în special, reprezintă o constantă emblematică e existenţei noastre şi merită cu prisosinţă întreaga noastră dragoste şi dăruire.

◆◆◆

DISPĂRUT FĂRĂ URMĂ
- IMPOSIBIL, INCREDIBIL DAR ADEVĂRAT-

Povestea mea neobişnuită începe cu mulţi ani în urmă, când, tânăr şi neliniştit fiind, visam să mă împlinesc într-un mod onorabil şi spectaculos. De parcă Cel de Sus mi-ar fi pus mâna în cap, întâmplările nefericite prin care am fost nevoit să trec, m-au ajutat să-mi găsesc calea de urmat şi împlinirea visului îndelung pritocit în perioada recluziunii.

Tocmai absolvisem Institutul Superior de Marină din Constanţa când, aflându-mă cu colegii la un restaurant, am fost săltat de Securitate, judecat de urgenţă şi condamnat la trei ani de detenţie pentru uneltire împotriva statului. Odiosul proces intentat pentru o faptă ireală m-a înfuriat atât de mult încât mi-am jurat să fac tot ceea ce e posibil omeneşte pentru a evada din lagărul comunist.

Încă din perioada detenţiei, graţie unui expert falsificator de acte, mi-am procurat un act de identitate fals, cu alt nume şi alte date personale, care să-mi ajute la fuga din ţară. Am avut noroc că la liberarea din detenţie actul de identitate nu mi-a fost găsit.

Ajuns în libertate, mi-am schimbat fizionomia, lăsându-mi barbă şi mustaţă, şi m-am angajat salvamar în Mamaia. Totodată mi-am dichisit un buzunărel pe partea interioară a chiloţilor, unde mi-am ascuns buletinul, o lamelă ascuţită, ceva parale şi nişte gută.

N-a trecut mult, că mi s-au şi aprins călcâiele după o chipeşă grecoaică, venită în vacanţă la bunici. Nedezvăluindu-i intenţiile mele, am reuşit să aflu repede informaţiile care mă interesau, în eventualitatea că aş ajunge în Grecia. După vreo trei săptămâni de activitate şi iubire nebună, m-am făcut nevăzut. Toată marea îmi aparţinea şi eram liber ca pasărea. M-am lăsat dus de curenţi în larg până dincolo de orizont şi mă rugam bunului Dumnezeu să-mi dea gândul cel bun.

Din senin s-a iscat o furtună cu valuri uriaşe care-mi puteau fi fatale. Salvarea mea a fost un buştean sau picior de ponton care plutea în derivă. Cu ajutorul lui şi cu eforturi uriaşe am izbutit să supravieţuiesc, lăsându-mă în voia curenţilor.

Trei zile şi trei nopţi am fost nevoit să mă lupt cu valurile, cu foamea şi cu frigul dar şi cu spaima provocată de rechinii care-mi dădeau târcoale. Noroc cu grupul de delfini care mă urmăreau şi apărau de orice agresiune. La un moment dat, istovit de foame şi eforturi, mi-am pierdut cunoştinţa. Tot Cel de Sus a vrut să scap cu bine, pentru că m-au găsit nişte braconieri bulgari şi m-au luat la bord. Revenindu-mi la viaţă după îngrijirile acordate, a trebuit să le spun că vreau să ajung în Grecia, unde sunt aşteptat de iubita mea, cu care urmează să mă căsătoresc. Au luat de bune spusele mele şi m-au găzduit la unul dintre ei, într-un sat de lângă Dunăre.

Într-o ţinută sumară, m-am despărţit de gazdă şi, mergând pe drumuri mai puţin circulate şi prin păduri, am ajuns la graniţa cu Jugoslavia, unde, imediat după ce am trecut-o, am şi fost înhăţat de o patrulă şi dus la primul post de miliţie. Aici am fost tratat ca un eventual spion, declaraţiile mele n-au avut nici un efect şi am fost internat într-un lagăr   special, unde mi-am îndurat soarta cu bravură şi stoicism vreo şase luni, după care, la un moment dat, speculând neatenţia paznicilor chercheliţi, am zbughit-o şi, dus am fost. Zile şi nopţi întregi, ca o fiară hăituită şi flămândă, m-am strecurat numai prin coclauri şi am izbutit să ajung la graniţa cu Croaţia. Aici n-am mai rezistat slăbiciunii şi m-am predat, dezvăluindu-le intenţiile mele şi dorinţa de a ajunge în Grecia unde sunt aşteptat de iubita mea pentru a face nunta. Ceva mai îngăduitori, croaţii au reuşit să-mi contacteze iubita, s-au lămurit că nu mint şi au acceptat să plec în insula Corfu pe o ambarcaţiune de croazieră.

◆◆◆

Penelopa m-a primit cu braţele deschise. Moştenitoare a unei averi substanţiale, administrează o pensiune elitistă de socializare, unde nu sunt admise decât persoane titrate, cu un CV remarcabil şi cu recomandări speciale, mai bine zis un spaţiu destinat artiştilor şi oamenilor de cultură.

Înarmat încă de pe băncile şcolii cu o bogată cultură şi având şi cultul Eladei cu istoria şi cultura ei fabuloasă, m-am integrat rapid în mediul respectiv, devenind dirijorul ocult al întregii afaceri, cu aceeaşi identitate falsă, cu barbă şi mustăţi dichisite cu grijă. Nici mie nu-mi vine să cred cât de perfect se desfăşoară lucrurile.

Părinţii Penelopei deţin o altă pensiune şi sunt prosperi. Astfel încât, fiica lor fiind majoră, cu o diplomă de licenţiat în artă, îi asigură independenţa deplină şi nu au decât rolul de consultanţi la cerere. Pe mine m-au adoptat imediat, fiind un tip prezentabil şi cooperant, neputându-şi imagina că sunt un impostor. Şi, având în vedere că fiica lor este independentă şi are vederi liberale, nici nu s-a pus măcar problema unei căsătorii.

Aşa că viaţa noastră pe insulă este cât se poate de convenabilă, variată şi plină de satisfacţii. Eu îmi joc rolul cu atâta şarm şi seninătate, cu atâta competenţă, încât am izbutit să devin cunoscut şi apreciat ca un magician curtenitor şi galant într-un timp record. Cărţile pe care le scriu cu entuziasm şi voie bună îşi lărgesc necontenit aria de răspândire, fiind şi traduse în câteva limbi de mare circulaţie şi atrăgându-mi distincţii şi premii remarcabile. În sinea mea exult şi-mi pare că visez, concurând cu un Pavel Coruţ şi Ion Pacepa, dar rămânând, spre deosebire de ei, complet necunoscut. Identitatea mea falsă a dobândit o greutate incontestabilă şi nimeni nu se mai oboseşte să-mi cerceteze biografia.

Când în pensiunea noastră se întâmplă să avem musafiri de marcă, artişti şi scriitori de renume, totul capătă un aer sărbătoresc, amândoi jubilăm de reuşită şi viaţa noastră continuă într-un mod demn de invidiat.

Păi, spuneţi şi dvs., e de colea să te întreţii de la egal la egal, într-o atmosferă de confrerie, degajată şi disponibilă tuturor libertăţilor liberale, nestânjenite de prejudecăţi şi convenienţe, cu cei mai iluştri monştri sacri, cu cele mai strălucitoare dive ? Totul pare atât de ireal, încât mie însumi îmi vine greu să cred. Mi-a pus

Dumnezeu mâna în cap şi nu ştiu cum să fac să-i mulţumesc. Aşa că povestea asta care mi se întâmplă chiar mie, mă stimulează cum nu vă puteţi imagina şi nu mă mai pot opri din creaţie, cărţile mele ieşind la lumină într-un ritm incredibil.

Penelopa mea mă soarbe din ochi şi-mi oferă cu patimă şi dezinvoltură întreaga ei iubire, nefiind în stare nici de cel mai mic gest de gelozie şi văzându-mă pe cerul ei spiritual Luceafărul nemuritor de care are parte. Părinţii, rubedeniile şi prietenii ne privesc ca pe nişte podoabe şi se poartă cu o infinită deferenţă faţă de noi.

Având în vedere prosperitatea noastră, am reuşit să străbatem lumea în lung şi-n lat şi am ocolit planeta de câteva ori, în căutarea insolitului şi diversităţii creaţiei umane. Totodată susţinem o serie de proiecte de caritate pentru defavorizaţii cu dizabilităţi şi copiii orfani şi abandonaţi, mulţumind Celui de Sus că suntem în stare s-o facem în mod discret şi elegant.

Un turist român şi bun prieten m-a informat despre concursul de proză scurtă iniţiat de dv.,provocându-mă să particip şi eu. Vă garantez că acesta nu mă interesează decât să vă împărtăşesc din experienţa mea incredibilă şi să vă fac părtaşii unei bucurii rar întâlnite.

Cine-şi închipuia că un tânăr de pe meleagurile mioritice, ambiţios şi plin de entuziasm, trecând prin atâtea vămi, îşi va vedea visul cu ochii, împreună cu iubita lui credincioasă ? Cine poate crede că având baftă de atât noroc, nu încetez să mă rog şi să-i mulţumesc lui Dumnezeu ?

◆◆◆

Cum ai putea decela, analiza şi face înţelese ravagiile unui tsunami, ale unui potop, ale unui seism sau incendiu de proporţii, cum le-ai putea prezenta în toată sinistra lor splendoare ?

Cine și-ar putea aroga capacitatea și meritul de a le descrie în procesul desfășurării lor ? Cam așa se prezintă lucrurile și cu Mamonia, ajunsă într-un stadiu imposibil de înțeles și acreditat.

Neasemuita noastră Românie a fost cântată de cei mai sufletiști și inspirați poeți, frumusețea, bogăția și măreția ei fiind încrustate cu litere de aur pe răbojul eternității.

Mamonia, tărâmul incredibil al tuturor inepțiilor și aberațiilor, rezultat în urma cotropirii de o ideologie străină și criminală, e departe de fosta Românie precum cerul de pământ și a o cânta reprezintă un act patologic de supremă mârșăvenie și abdicare.

Situația creată de cârdășia penalilor de la putere este de un asemenea dramatism încât mii de oameni din cele mai mari orașe ale țării se exprimă prin manifestații de protest în piețele publice și pe arterele principale, deciși să lupte mai departe până la înlăturarea lor.

Vă puteți da seama și dv. în ce hal se prezintă lucrurile dacă până și un bătrân trecut de centenar, și filosof pe deasupra, în loc să-și oblojească rănile, dacă le are, să-și dădăcească nepoții sau să-și vadă de munca de creație, participă la aceste manifestări de protest, exprimându-și îngrijorarea și îndemnând societatea civilă să ia atitudine cât nu este prea târziu.

Insomniile mă chinuie constant, în dorința de a-mi exprima patriotismul profund și realizez cu o indimenticabilă tristețe că, trăind în Mamonia, este nespus de greu, dacă nu imposibil de a o face. Ce să cânți și pe cine, când nimic nu mai e de cântat ? Când totul a fost dat peste cap, iar ticăloșia și abjecția au atins cote de neimaginat ?

Doamne, îndreaptă-Ţi privirile şi către noi, să vezi ce-a mai rămas din Grădina Maicii Domnului!

◆◆◆

Cum lumea-i burduşită de mistere
Nu ştii ce poate viaţa să-ţi ofere
De nu cumva pretinde şi îţi cere
Ceea ce sigur nu e o plăcere
Şi-obligă bietul muritor să spere
În vreun miraj al clipei efemere
Amăgitor, căci restul e tăcere
Când totu-i suferinţă şi durere.

◆◆◆

Cum astăzi a fost ziua mea onomastică sfântă, ca să nu fiu considerat un om de cacao, m-am dus la Mega, de unde am cumpărat o sticlă de Chardonet Sauvignon şi o cutie cu bomboane de ciocolată Palme d'or, după care, de la cofetăria Alex am mai luat patru amandine. Puteam face faţă liniştit alor mei.

Mi-au urat de sănătate şi de bine toate rudele care mai sunt în viaţă, colegii şi prietenii, aşa cum o fac în fiecare an.

D-l Aurel Lăzăroiu mi-a trimis rev. online „Litere euxine" nr.2/aprilie-iunie 2018, prezentabilă, cu lansări de carte, fotografii, şi texte de proză, poezie şi haiku savuroase. I-am mulţumit şi l-am felicitat.

Mereu mă suspectez şi-mi fac probleme gratuite că scriu despre mine şi nu creaţii, indiferent de care. Păi, dacă e un fel de jurnal de însemnări, despre cine să scriu dacă nu despre mine ? Şi-mi fac singur curaj, şi continui povestea. Pentru că, orice s-ar zice, e o poveste şi asta, oricât de fadă şi anodină ar fi. Dar e povestea mea, şi nu mi-e ruşine s-o scriu. Nu aşa procedează toţi veleitarii şi diletanţii care umplu cărţile şi publicaţiile cu năzdrăvăniile lor ? Eu de ce-aş face excepţie, că doar nu sunt vreun extraterestru.

◆◆◆

Hei, dragul meu Zorba, îţi mulţumesc pentru urările făcute de ziua mea sfântă, cum faci în fiecare an de când ne ştim. Îmi face o deosebită plăcere de fiecare dată când te aud, dacă altfel nu se poate.

Ţin să remarc, totuşi, că în spusele tale am resimţit o undă de superioritate doctorală când ai ţinut să-mi explici cum stă treaba cu Sfinţii Petru şi Pavel, cine sunt şi în ce relaţii se află, ca şi când s-ar fi înţeles de la sine că pârlitul ce sunt n-aş avea idee despre aceasta.

Deşi recunosc că sunt în mare parte un autodidact, te-am ascultat cu toată deferenţa şi n-am intervenit cu vreo replică din care să reiasă că nu sunt chiar atât de ignorant încât să nu cunosc semnificaţia şi toate datele privitoare la ziua mea. Pur şi simplu n-am vrut să-ţi stric cheful de a purta un dialog cu mine. Şi nici nu m-a afectat apetenţa ta didacticistă, ştiind că ai fost dascăl atâţia ani. Eu nu pot uita că tu mi-ai fost naşul de debut în poezie când erai redactor la rev. Argeş, că tu m-ai recomandat ca poet lui Mihail Diaconescu care era redactor şef. Asemenea lucruri nu se uită, amigo, şi nimic nu poate adumbri o prietenie care durează de o viaţă.

Am înţeles şi nostalgia ta de a mai face o escapadă în satul meu natal, deşi, au rămas prea puţine motive s-o mai facem, majoritatea rudelor şi prietenilor mei de acolo fiind duse cu Domnul.

În scurtul nostru dialog am ţinut şi eu să-ţi explic că apelativul Zorba, pe care ţi l-am dat în tinereţea noastră, nu era acordat în nici un caz în mod peiorativ ci doar din respect şi simpatie pentru tine. Şi ţi-am mai spus, ca să-mi întăresc afirmaţia că tu eşti un om mare

70

şi-l depăşeşti pe personajul atât de îndrăgit cu numele căruia te-am onorat.

Deie Domnul ca, în timpul care ne-a mai rămas, să ne revedem, de data aceasta, cocârjaţi de ani şi de glorie, vax albina în cazul meu !

Păcat că nici gloria ta de dramaturg n-a reverberat suficient pe plaiurile noastre, astfel încât să mă pot bucura şi mai mult de succesul tău. Dar, nu-i nimic, şi fii tu liniştit că timpul lucrează numai în favoarea ta.

Aşa că eu sunt mândru că am avut un prieten de o asemenea anvergură.

♦♦♦

Am mai luat şi eu o gură de aer.

Graţie bunăvoinţei lui Cătălin, la vreo două ore de mers cu maşina, am fost în satul Mireşu din com.Sângeru, jud.Prahova, unde finul fiului meu, Bogdan Moşu are o casă bine pitulată pe deal, cu o grădină mare cu pomi şi cu bălării.

Cu noi au mai fost mama lui Bogdan şi Dana, sora sa.

De doi ani n-au mai fost acolo, aşa că vă puteţi imagina cum se prezintă lucrurile. O casă păraginită năpădită de bălării, pe care intenţionează să o vândă.

Dar noi ne-am simţit bine la aer curat şi linişte. Bogdan a recuperat diverse obiecte pe care le avea acolo.

Pe la orele douăsprezece şi jumătate am plecat spre Bucureşti, dar nu acasă, ci în comuna Brăneşti, unde respectivii şi-au cumpărat o casă, unde urmează să locuiască mama sa cu Dana.

Casa, cu patru dormitoare şi living, cu o bucătărie bine garnisită, cu terasă şi curte interioară cu pomi şi cu solar, având şi un garaj, are toate şansele să fie locuită.

Ajunşi acolo, am deşertat lucrurile din maşină, am vizitat încăperile casei, apoi ne-am aşezat la o masă frugală cu pâinea, salamul şi caşcavalul cumpărate de la un magazin local, udate cu bere.

Am plecat spre capitală după orele şaisprezece, pe o ploaie mocănească şi am ajuns, în sfârşit, acasă. Unde Gabi, soţia lui Cătălin, ne-a servit cu nişte chifteluţe gustoase şi castraveţi muraţi, udate cu vin de Jidvei.

Retras în bârlogul meu să văd meciul Anglia-Croaţia, nu ştiu când familia lui Bogdan a plecat şi rămân cu regretul că nu i-am însoţit la despărţire.

Am rămas totodată cu un gust amar când am văzut că româncuţa noastră Halep a luat-o pe cocoaşă de la tailandeza Su-Wei Shieh, după trei seturi, cu scorul 3-6,6-4,7-5, fiind astfel eliminată din jocurile de la Wimbledon. Păcat, a fost doar la un pas de marele trofeu.

◆◆◆

Cum universu-i înţesat de stele
Şi-atâtea galaxii în cosmos sunt
Aidoma-s şi gândurile mele
Cu dragostea pentru acest pământ
Mirifică-i imaginea celestă
Ce se-oglindeşte-n spectru-i infinit
Însă exact la fel se manifestă
Iubirea prin cuvântul ei rostit
Şi cum lumina se răsfrânge-n spaţii
Pe care, muritori, noi nu le ştim
La fel şi inspiratele creaţii
În universul nostru unanim
Cine-ar putea să vadă şi să ştie
Miracolul în care vieţuim ?
Poetul, doar, când scrie poezie

E stimulat(motivat) de spiritu-i sublim.

♦♦♦

Pentru că tot mi-era dor de mare şi fiul meu Cătălin are o lucrare la Constanţa, s-a gândit să mă ia cu el, şi bine a făcut. Am evadat pentru o clipă din aerul îmbâcsit al bârlogului.

Ne-am cazat la hotelul AnaEuropa al lui Copos din Eforie Nord, graţie nu ştiu căror relaţii ale patronului Cella Invest , unde lucrează Cătălin.

Frumuseţea e că, în cele două zile cât am stat acolo, nici plajă, nici baie în mare sau în piscină nu am făcut. Rămas singur în prima zi, când Cătălin a trebuit să se ducă pe şantierul magazinului Auchan, pentru a-şi organiza şi controla muncitorii, am luat-o per pedes prin Eforie Nord, unde m-am zgâit la hotelurile şi hardughiile de tot felul ale staţiunii. După ce Cătălin a revenit de pe şantier, spre orele şaisprezece, am ieşit să servesc şi eu masa de prânz, pentru că fiul meu mâncase, fiindu-i foame. Apoi am dat o raită prin staţiune, după care, ne-am oprit la terasa El Stefanino, unde am servit o pizza şi câte o bere.

Seara am văzut la hotel, în cameră, semifinala Anglia-Croaţia, unde a învins formaţia croată cu 2-1, spre disperarea echipei engleze care nu s-a aşteptat la acest rezultat.

A doua zi ne-am trezit pe la orele şapte, am părăsit hotelul pe la nouă şi jumătate, am servit micul dejun tot în cadrul hotelului, după care ne-am dus iarăşi pe şantier, cu intenţia declarată a lui Cătălin că nu va dura mai mult de o jumătate de oră ca să ne luăm drumul spre capitală.

Jumătatea de oră s-a extins la vreo trei ore, fiind nevoiţi să plecăm din Constanţa pe la orele treisprezece şi vreo cinci minute. În tot acest timp eu am defilat pe lângă complex, de la un capăt la altul.

Noroc că era umbră şi m-am putut odihni, din când în când, pe nişte stâlpi metalici depozitaţi lângă pereţii complexului.

Cu maşina am făcut până la acasă, în str. Dej, două ore şi jumătate, astfel că la orele şaisprezece eram deja în bârlog, unde m-am spălat şi am servit masa în bucătărie cu fiul meu Cătălin.

În concluzie, de ce să-l mâniem pe Cel de Sus, fără baie şi fără plajă, totul a fost OK. Am mai schimbat şi eu aerul toxic din capitală şi mi-am clătit ochii cu diverse frumuseţi ale lumii.

♦♦♦

Şi dacă infinitul ce ne scapă
Încape-n gămălia unui ac
Sau în nisipul răvăşit de apă
Eu cum aş putea fi şi ce să fac ?
Şi dacă lumea-i o închipuire
Sau visul unui gnom descreierat
Ce-şi caută un rost şi o menire
Eu ce să cred şi cum m-am întrupat ?
Şi dacă vană-i orice întrebare
Cât nu există, vai, nici un răspuns
Atunci, să mă întreb, ce rost mai are
Doar faptul că exist nu e de-ajuns ?
Şi dacă, totuşi, mi se pare mie
Că eu exist, când nu este nimic
Şi totu-i numai destinat să fie
Eu ce să mai gândesc şi ce să zic ?

Nu ştiu ce relevanţă are
Acest recurs la o filosofare
Atât de primitivă şi simplistă.
Poate pentru că duhul meu există.

♦♦♦

Mulţumescu-Ţi Ţie Doamne, pentru nesfârşită mila şi îndurarea Ta !

Iată că nu peste multă vreme se vor împlini zece ani de când supravieţuiesc ca un fluture într-o crisalidă. Adică orb, surd şi olog, plus alte metehne, cum ar fi diabetul.

Cine-şi putea imagina că voi putea trăi atâta timp în condiţiile speciale de handicapat total pe care l-au abandonat nu numai prietenii ci până şi propriul fiu ajuns sub papucul nevestei ? Cine-ar fi putut crede că voi rezista tuturor privaţiunilor ?

Şi, totuşi... Câtă vreme creierul nu mi-a fost afectat şi bibilica nu mi-a făcut figuri, chiar şi în starea de legumă, am făcut faţă situaţiei, fie ajutat de soţie, fie de altă persoană plătită.

Până şi relaţia cu lumea exterioară a continuat într-un mod inedit, practicând un fel de telegraf Morse cu soţia, prin palparea mâinilor cu degetul. Greu dar nu imposibil.

În toată această perioadă de recluziune totală ţi-am simţit prezenţa binefăcătoare şi mi-am găsit alinarea în muzica mentală, recurgând la cântecele şi ariile cunoscute din opere şi operete, care mi-au fost de mare ajutor.

Nu are rost să mai pomenesc acum de momentele extrem de dificile, când aş fi putut capota şi termina cu viaţa. Am avut tăria să le depăşesc şi, pentru toate acestea, îţi mulţumesc, Doamne, şi-Ţi rămân pe veci îndatorat.

Dacă asemenea întâmplări ieşite din comun pot fi considerate miracole, atunci, desigur, există miracole şi cazul meu este relevant în acest sens.

♦♦♦

Sunt atât de neajutorat, incapabil să mă descurc singur. Pentru auz mi s-a procurat un aparat care nu mă ajută la nimic. Şi dacă până acum, cu chiu cu vai, sprijinindu-mă de pereţi, aveam curajul să mă duc singur la baie pentru necesităţi, de la o vreme încoace n-o mai pot face decât ajutat de cineva. Un timp exasperant m-a ajutat soţia, fie binecuvântată, apoi o femeie plătită să aibă grijă de mine.

Existenţa mea e un întreg proces chinuitor şi dureros, căruia mă zbat din răsputeri să-i fac faţă. Că, doar, la viaţa mea am fost un luptător şi am cucerit multe trofee şi medalii şi nu se cade să mă fac de râs tocmai acum.

N-aş vorbi despre problemele mele intime, dar, cum să procedez dacă viaţa mea se reduce la ele ? Nu ştiu ce m-aş fi făcut dacă rămâneam şi mut. De bine, de rău pot comunica prin viu grai, în sensul că eu mă pronunţ şi soţia îmi răspunde prin telegraful Morse pe mână. Dar, vă puteţi da seama cât de greu şi exasperant e acest lucru.

Şi mai dramatic e când fac baie. În orice moment se poate întâmpla să alunec, să cad şi să mă lovesc. Soţia are grijă, cu o infinită răbdare benedictină, să nu mă rănesc, să nu cad. Nu ştiu ce m-aş face fără ajutorul ei, sau, după ce n-a mai putut efectiv, fără ajutorul persoanei plătite să mă îngrijească.

Copiii, căsătoriţi şi la casele lor, îşi văd de viaţa lor şi mai vin din când în când pe la mine. În special fata, cu soţul şi nepotul, care suferă pentru mine că nu mă poate ajuta mai mult. Băiatul, în care îmi pusesem toate speranţele, s-a dat după soţie şi părinţii ei şi vine tot mai rar, poate o dată, cel mult de două ori pe an. Ce să-i mai pretind, dacă e atât de slab şi sub papuc ? Am ajuns să sufăr eu pentru el, când ştiu ce posibilităţi a avut când lucra în Elveţia, dar, fraier, a renunţat la post, tot la presiunea soţiei şi a socrilor. Acum n-are decât să se spele pe cap cu ei.

Doamne, pupa-Ţi-aş tălpile, cum Te înduri Tu de mine, lăsându-mă să mai ispăşesc niscaiva păcate pe aici! De peste nouă ani mă străduiesc să nu te dezamăgesc. Încercările prin care trec sunt tot mai grele, dar nu mă las, nu dezertez, nu sunt un laş.

♦♦♦

Înainte de a-mi pierde cele trei abilităţi, mă mai luptam eu cu diabetul şi surzenia, dar încă mă descurcam binişor.

Prieten mai apropiat mi-era don Pedro, alias Donchi din Dejagaskar, de pe str.Dej. Cu el îmi mai înecam amarul cu câte-o bere, cu câte-o tablă sau cu câte un duet din arii de operete, de se cruceau vecinii auzindu-ne.

Ne şi ajutam unul pe altul când se simţea nevoia, mai făceam şi ţuică în podul casei unde aveam amenajat tot ce-mi trebuia, viaţa decurgea în condiţii cât de cât acceptabile.

Dar, de când a căzut năpasta pe capul meu, m-a abandonat şi don Pedro, invocând nişte motive de sensibilitate emoţională care i-ar interzice să mă viziteze. Are şi el dreptate. De ce să mai vină pe la mine, când eu nu mai pot face faţă nici măcar unei scurte convorbiri ? Doar să vadă în ce hal am ajuns ?

Eu cunosc cel mai bine situaţia, îmi recunosc neputinţa şi las să creadă fiecare ce vrea, dar, de renunţat la luptă, nici gând. Numai eforturile mele supraomeneşti au decis ca eu să mai rămân pe aici atâta vreme şi, oricât de incredibil ar părea, nu a venit încă momentul ca eu să spun halt ! şi să dispar. Şi, pentru asta, Ţie îţi mulţumesc, Doamne, şi mă rog să Te înduri de mine.

♦♦♦

77

Acum trăiesc exclusiv în lumea virtuală a gândurilor şi amintirilor mele. Relaţia cu lumea exterioară e tot mai precară, tot mai anevoioasă. Nici soţia nu mai poate face faţă situaţiei, fapt pentru care o cred. Ştiu că este o adevărată eroină şi a dat dovadă de un devotament nemărginit, dar o cred când spune că nu mai are putere să mă sprijine, suferind şi ea de atâtea hibe pe care nici nu mi le destăinuie.

Dacă nu aş avea încă voinţă să mănânc şi să dorm, să-mi execut şi să-mi ascult cântecele din cap, şi să nu las femeia care mă îngrijeşte să-mi facă toate cele după ce-mi fac nevoile, în mod sigur aş capota. Dar, uite că şi în aceste mizerabile condiţii de existenţă pe muchie de cuţit, încă mai ţin la viaţă, Doamne, încă nu doresc să vin la Tine şi de aceea Te rog să mă ierţi şi să mă ai în pază.

După umila mea părere, cred că sunt expresia cea mai vie şi revelatoare a dictonului „Să nu-i dai omului, cât poate să ducă !"

◆◆◆

Vecinul de vis-a-vis, mare amator de glume, mă opreşte şi mă întreabă:

-Cunoşti bancul cu CUCI ?

-Nu, spune-mi-l !

-CU CIne ţi-o mai pui ? şi râde de i se rup fălcile.

Nu mă las nici eu mai prejos.

-Da mata îl ştii pe cel cu Deceneu ?

-Nu ! Hai, spune-l !

-DE CE NE Urmăreşti ? şi rămân în aşteptare, cu o figură gravissimă.

Vecinul, schimbat la faţă, nereceptând poanta, mă asigură că nu urmăreşte pe nimeni.

Îi explic cum stă treaba şi mă descotorosesc rapid de el.

♦♦♦

Natura-i supărată rău pe noi
Şi se răzbună dur, cu foc şi apă
De bântuim năuci ca la război
Şi prea puţini din cei surprinşi mai scapă
    Ce se petrece-n Grecia acum
E o apocalipsă ca la carte
Ce lasă-n urmă sinistraţi şi scrum
Şi-atâtea tragedii în drum împarte
    Cine să stăvilească un taifun
Sau un incendiu care pârjoleşte
E chiar de plâns să vezi cum se opun
Cei implicaţi salvării omeneşte
    În marile dezastre-aşa pierim
Şi nimeni cum a fost nu va să ştie
Doar noi visăm că totul e sublim
Şi îl transfigurăm în poezie.

♦♦♦

În ştirile de la televizor ni se transmit aspecte apocaliptice nu numai din Grecia. Fenomenele extreme datorate încălzirii globale s-au extins pe toată planeta iar eforturile umane de a le face faţă rămân tot mai neputincioase.

Cine poate şti ce ne rezervă viitorul, când predicţiile pe termen scurt sunt contrazise de realitate în mod atât de surprinzător ? Iar când viaţa ni-i copios condimentată de circul politic atât de odios şi incredibil, ce se mai poate face, ce se mai poate spera ? Întreaga omenire trăieşte momente de suspans şi de groază şi nimeni nu poate stăvili mersul atât de precipitat al lucrurilor.

♦♦♦

Sunt Adina, sora lui Sorin Dobre, pensionară, fostă profă de lb. franceză, actualmente şefa cenaclului literar din Baloteşti.

Pot spune că azi chiar a fost o zi de pomină. Pentru că parastasul de trei ani de la moartea Didicăi Panduru, mama Marianei şi soacra lui Sorin Dobre, a coincis cu grandiosul spectacol aviatic de pe aeroportul Băneasa, ce s-a desfăşurat deasupra capitalei, asurzindu-i pe locuitori şi înnebunind păsările şi animalele din zonă.

Cele zece persoane care am fost la masă, ne-am înfruptat copios cu preparatele servite şi am golit sticlele cu vin, fiind nevoiţi să mai cumpărăm câteva de la chioşcul din apropiere.

Cele zece persoane prezente au fost:

-Sorin, Mariana şi Tavi Dobre, amfitrionii.

-Adina, sora lui Sorin Dobre, şi soţul său Sorin Vişan din Baloteşti.

-Cătălin, Gabriela şi Petre Vlad, vărul primar al Didicăi, cea decedată acum trei ani.

-Magdalena, nepoata Didicăi şi verişoara Marianei, şi soţul său Gabriel Chiriac

M-a surprins faptul că pe toată perioada spectacolului aviatic cei de la masă, ca hipnotizaţi, se buluceau în curte ca nişte copii, să urmărească evoluţiile de mare clasă ale avioanelor. Zborurile razante, foarte aproape de pământ şi diversele figuri cu loopinguri la mare înălţime, pe lângă faptul că erau asurzitoare, pur şi simplu îţi tăiau respiraţia. Parcă şi văd mulţimea de patruzeci de mii de părinţi şi copii de la aeroport care a urmărit spectacolul îndelungat, până la orele douăzecişiunu, cu sufletul la gură.

Don Pedro, alias Dominic Diamant, ne-a oferit câte două exemplare din florilegiul de sonete dedicate Marii Uniri şi jurnalul Ambitus.Cu acest prilej, având în vedere faptul că ne ocupăm de cenaclul din Baloteşti, unde am citit şi eu şi am fost premiată, i-am propus onorabilului să vină şi să citească din creaţiile sale în cenaclu, pentru a discuta asupra lor în mod critic şi a trage nişte concluzii. Din păcate, stimabilul nu s-a arătat a fi prea încântat de propunere, motivând şi scuzându-se că nu are cu ce se deplasa în Baloteşti, ca şi când localitatea nu s-ar afla la o aruncătură de băţ.

Una peste alta, parastasul ne-a adunat şi ne-am simţit bine împreună, discutând în cruciş şi-n curmeziş, depănând amintiri şi spunând bancuri şi glume savuroase.

Spre orele nouăsprezece, eu şi soţul meu ne-am luat tălpăşiţa, ceilalţi mai rămânând în urma noastră.

◆◆◆

Întrucât e ceva vreme de când relaţiile cu Alexandru Cetăţeanu au rămas în suspensie, iar eu, intrigat că au apărut deja două numere din „Destine literare" şi numele meu nu apare, i-am trimis un mesaj cu poemele virtualului volum „Poeme boeme", la care stimabilul mi-a răspuns imediat, redau aici răspunsul domniei sale care m-a bucurat, de ce să nu recunosc ?

Citez „Să trăiţi, Maestre ! Calde salutări de pe ţărmul fluviului Saint Laurent, planeta Pământ ! Citii (aşa este, sunt amărăştean !) cu voce tare Poemele boeme de la Confesiune până la A treia epistolă (trecând pe la Doru Moţoc) şi nu ştiu dacă talentul meu la citit poezie (la prima vedere...) sau frumuseţea poemelor au stârnit admiraţia ascultătoarelor-profesoara Doina Lecca de la Canadian University şi dr.Julia Deaconu, fosta psihiatră în Ro.şi medic de urgenţă şi de familie în Canada (gorjeancă de-a lui Brâncuşi...). Aşa că... nu am ce vă face-veţi intra în numărul D.L. pe luna august, fără discuţie ! Vă îmbrăţişez frăţeşte, fireşte... Cu stimă, Alexandru

Cetăţeanu P.S.- Acum tună, probabil Sf.Ilie a ajuns şi pe aici ! Poate va şi ploua, ce bine ar fi, că încă nu am instalat pompa să trag apă din fluviu. AC"

♦♦♦

Aseară, pe postul Agrar TV, mi-a atras atenţia figura luminoasă şi încântătoare a doamnei Ecaterina Petrescu Botoncea, care, doctor fiind, a scris şi câteva cărţi de succes.

Retorica sa impunea prin simplitate şi seninătate, chiar dacă prezenta întâmplări de o mare gravitate şi dramatism. Ca să ajungă la o asemenea stare de spirit, distinsa doamnă a trecut prin gimnastica de performanţă dar, mai ales, prin încercările unui parcurs per pedes de 85o km prin Spania, care au ajutat-o să-şi afle identitatea în relaţie cu lumea şi cu Dumnezeu.

Căutând pe internet, am aflat că semnează şi la rev. Litere din Târgovişte, sub semnătura Ecaterina Botoncea.

Oricum, activând ca doctor de anestezie şi terapie intensivă la Spitalul din Târgovişte, şi sublimându-şi experienţa în cărţi, doamna în chestiune şi-a găsit calea regală şi poate constitui un model demn de urmat pentru toţi muritorii.

♦♦♦

Eu n-am fost vagabondul vieţii mele
Atât amar de vreme sub obroc
Când numai troglodiţi şi troglodele
Se bucurau de cântece şi joc
Am suferit şi îndurat de toate
În crâncenul exil interior
Visând, sperând ca disperat că, poate,
M-oi bucura, având un viitor
Schimbarea survenită, prea târzie
Şi fără nici un haz s-a dovedit

82

Căci bucuria mea n-a fost să fie
Îmbătrânind sărac şi umilit.
Cine mai crede în vreo reuşită
Când eu încerc acum să mă răzbun
Şi mai degrabă inima-mi palpită
Cu-o biată îndârjire de nebun ?
Am pribegit prin propria viaţă
Fără busolă, fără cap compas
Să supravieţuiesc ca o paiaţă
Sau, mai curând, un câine de pripas.

♦♦♦

Mi-a telefonat Silvica, soţia fratelui meu Geo, că a vorbit la telefon cu Lenuţa Buleandră care i-a prezentat situaţia deloc surâzătoare a vărului meu Mitică. Acesta nu se mai poate deplasa pe propriile picioare, foloseşte un cadru, dar, mai grav este faptul că a ajuns iarăşi la Spitalul Pantelimon unde i s-au făcut din nou perfuzii şi a trebuit să se întoarcă acasă, nemaiputându-se face mare lucru cu el.

Lenuţa îl supraveghează şi are grijă de el, în situaţia delicată în care se află şi ea.

Problema lor e atât de complicată, încât nu ştiu ce se va mai întâmpla iar eu nu mă mai simt în stare nici să vorbesc cu ei.

În altă ordine de idei, sunt uimit de mine însumi, aflând de existenţa revistei „Litere" din Târgovişte abia acum, printr-o simplă întâmplare. M-am şi învrednicit şi le-am scris, trimiţându-le versurile din „Poeme boeme" şi însemnările din jurnalul de faţă.

Mi-a răspuns directorul revistei, Mihai Stan, care m-a rugat să le trimit un scurt CV, fapt care s-a şi petrecut. Urmează să vedem ce se va mai întâmpla.

Azi mi-am revăzut şi corectat însemnările din jurnal până la pag. optsprezece, când am abandonat din cauza ochilor. Mi-am dat seama că titlul ales e cel mai indicat pentru o eventuală nouă broşurică, aidoma celorlalte editate, care nici gaură-n cer nu va face, nici chiar de aruncat la coşul de gunoi nu este.

♦♦♦

Ia să mai dăm noi nişte telefoane în Curcania !

-Hai salut, măi vere ! Ce mai e nou pe-acolo ? Ce-ţi mai fac căţeluşii, don Tudorică ?

-E cum ştii, şi cu mai bune, şi cu mai rele. Căţeluşii ? Pe unul l-am legat, să nu se mai zbânţuie atât amândoi. Ce crezi, vere ? Nu mai mânâncă, nu mai bea, e bolnav. A trebuit să-l eliberez din lanţ. Aşa sunt şi eu când Mihaela mă ia la ea în Olteniţa. Tot aici în pustietatea mea mă simt mai bine.

-Miruna ce mai face, e în vacanţă ?

-Află că va pleca pentru un an în Anglia. A fost selectată.

-Bravo ei, ştie să se descurce ! Dar cu grădina cum te mai descurci ?

-Păi, roşiile s-au cam dus, un prun a fost atât de încărcat că i se rupeau crăcile. Am adunat şi eu prunele şi le-am pus la cazan pentru ţuică.

-Porumb ai mâncat anul acesta ?

-O-ho ! Acum alte cuiburi trebuie să facă cotolani cât de curând. Nu mă vait !

Închei discuţia cu Tudorică, îi telefonez Culiniţei cu care schimb câteva cuvinte, după care îl sun pe Petre Martin, vărul şi finul meu.

-Ce mai faci, măi Lupule ?

-Am cam obosit cu prăşitul, mă omoară buruienile. Ploile care au căzut, atât de abundente, au permis buruienilor să mă invadeze şi au produs multe pagube. Nici roşii nu mai am, dar am reuşit să pun ceva la borcan.

-Soacra ce mai face, se mişcă ?

-Se mişcă, iese prin curte, nu stă locului.

-Câţi ani are ?

-Vreo nouăzeci.

-Vezi, dacă vrea Domnul, că se poate ?

I-aş telefona şi lui Mitică Buleandră, dar ceva mă opreşte s-o fac. Rămâne să-mi telefoneze Petre Lupu, după ce se duce pe la el.

Nu pot să pricep de ce sunt atât de delăsător şi nu rup odată   pisica. N-ar fi o problemă să ajung în Curcania.

◆◆◆

Urmează zile de doliu pentru sufletul meu.

Astăzi Cătălin mi-a telefonat de la serviciu în jurul orei nouă că vărul meu Mitică Buleandră a încetat din viaţă. Deşi era de aşteptat, după modul cum se prezenta în ultima vreme, vestea m-a cutremurat şi lacrimile mi-au curs pe obraji instantaneu.

De-a lungul existenţei noastre am petrecut clipe de neuitat împreună, şi la bine, şi la greu. A fost, - Doamne, uite cum folosesc verbul a fi !- un om de mare calibru, un părinte cum rar găseşti şi un prieten desăvârşit. Ne-am împăcat şi am rezonat excelent.

Iată că ne-a părăsit şi el ! S-a dus în Raiul cu dulci lumine, unde mă va aştepta şi pe mine. Dumnezeu să-l odihnească ! A rămas singură Lenuţa, soţia lui, să se lupte în continuare cu boala şi cu nevoile.

◆◆◆

Am fost în Curcania să-l înmormântăm pe vărul meu Mitică Buleandră. Erau de faţă soţia, cei doi copii cu soţiile, cuscrii şi nepotul, fratele Lenuţei şi alte rubedenii şi vecini care au ajutat-o. Înmormântarea a fost sobră, desfăşurată după tot tipicul. Mai întâi s-a ţinut slujba în biserica din centrul satului, după care, unii pe jos, alţii cu maşinile, am mers la cimitirul de peste calea ferată, la marginea satului. Căldura mare nu ne-a împiedicat să ţinem slujba de la mormânt, înainte de înmormântare.

După ce mortul a fost depus în cripta lui, ne-am întors acasă, unde s-a servit masa, după obicei. Varză gătită cu ulei, foarte gustoasă, şi orez cu ciuperci. Lichide de tot felul, începând cu ţuică, vin, coca şi sucuri cu gheaţă.

Pe la 15,30 ne-am despărţit de Lenuţa şi de copiii săi şi am luat-o spre Vlazi, pentru scurte vizite, după dorinţa expresă a Manuelei, fiica fratelui meu Geo din Constanţa. Ne-am revăzut cu familia lui Costel, cu vărul meu Gheorghiţă Vlad, am schimbat câteva cuvinte, apoi ne-am dus şi pe la vărul Tudorică. Acesta ne-a oferit o sticlă de ţuică, buuună, struguri copţi şi dulci pe care i-am savurat pe loc şi câteva piersici din pom.

Am revenit la Costel, de unde, după ce ne-a oferit şi el câte-o sticloanţă de vin şi nişte roşii, ne-am îmbarcat în maşină şi am luat calea capitalei.

Pe la orele 18,30, după ce am lăsat-o în Gara de Nord pe Manuela, vizibil obosită, la dorinţa ei, pentru a pleca spre Constanţa cu trenul de 8, am ajuns acasă, în Dejagaskar. Unde viaţa a reintrat în normal, mulţumindu-i şoferului pentru bunele oficii şi pentru că ne-a adus acasă întregi şi nevătămaţi.

Cu acest prilej al înmormântării m-am putut revedea şi cu vărul Gheorghiţă Vlad care se ţine tare, cu vărul Fănică, fratele decedatului, cu Petrică Martin poreclit Lupu şi cu ţaţa Fănica, luată de la casa ei de fiică-sa Sica şi Gigi Panduru, în urma disensiunilor intervenite între ea şi nepotul care nu o mai suportă şi-i face tot felul de şicane ca un mitocan ce este.

Îmi pare rău că nu mi-a dat prin gând să iau şi poezia scrisă cu o zi înainte pentru vărul Mitică, să le-o las celor rămaşi.

Ştiu că însemnările de faţă nu interesează pe nimeni şi nu constituie un act literar, dar puţin îmi pasă, ele vorbesc despre viaţa mea şi despre evenimentele trăite, poate pe ultima sută.

Aşa să-mi ajute Dumnezeu !

◆◆◆

Oricât de mult ne-ar copleşi durerea şi suferinţa, oricât de disperaţi am fi, forţa de nestăvilit a vieţii ne scoate din starea de spirit respectivă şi ne poartă înainte pe făgaşele ei.

Am primit un email de la d-l Lăzăroiu, şeful cenaclului Mihail Sadoveanu de la Cercul Militar din Constanţa, care îmi face cunoscut că pentru concursul literar „Fascinaţia mării" sunt necesare câte două texte de proză scurtă şi eseu, or eu am trimis doar câte unul de fiecare. I-am răspuns că voi analiza şi voi vedea ce e de făcut.

Imediat m-am apucat de treabă şi am mai scris două texte, pe care le-am şi trimis Cercului Militar care, la rându-i, mi-a răspuns, mulţumindu-mi.

Voi avea sau nu succes, mai puţin mă interesează, important pentru mine e că am putut să le scriu. Că încă sunt în priză, activ.

Cu ceva timp în urmă am trimis şi rev. Singur de la Târgovişte manuscrisul cu poeziile din Caietul 43(şi 44), din care mi s-a publicat câte una în ordine de câteva ori, după care mi-au fost publicate integral. Recitindu-le, trebuie să recunosc că nu mă dau chiar pe spate, dar nici de lepădat nu mi se par. S-ar putea ca unora dintre cititori să le placă şi e de ajuns.

În dimineaţa asta am prins ceva din emisiunea Danielei Zecca-Buzura cu invitatul său Cristian Tudor Popescu, scriitor şi gazetar cu renume. Conversaţia lor mi-a plăcut, fiind consistentă şi savuroasă.

◆◆◆

Încă odată, dacă mai era nevoie, Mamonia, statul tuturor posibilităţilor nefaste, unde fărădelegea a devenit legea de bază, iar hoţia şi incompetenţa - valorile supreme, încă odată, deci, îşi arată lumii chipul hidos şi cancerigen metastazic.

De ceva vreme se ştia că pe 10 august a.c. diaspora va ţine un miting de protest la Bucureşti, unde semenii noştri expaţi îşi vor exprima protestul şi nemulţumirile faţă de actuala formă de guvernământ

De ceva vreme gaşca penală care a confiscat puterea, exercitându-şi-o într-un mod incalificabil, a intrat în fibrilaţie şi, în stare de orice ticăloşie, şi-a pregătit minuţios forţele de represiune pentru a interveni şi reprima demonstranţii.

Ei bine, mitingul de ieri şi aseară, tocmai acest lucru a demonstrat, cum nu se putea mai relevant şi îngrijorător, reuşind să creeze o imagine detestabilă, de violenţă şi haos, a demonstraţiei.

Instituţiile abilitate, aservite puterii şi prelucrate din vreme, şi-au făcut datoria cu prisosinţă, intervenind cu mijloacele de represiune exact în momentele când situaţia o cerea, reuşind să împrăştie demonstranţii, voind să dea impresia că acţiunile lor au fost necesare şi benefice. Dar în acest mod, acţionând organizat şi în forţă asupra oamenilor care demonstrau în mod paşnic, Mamonia şi-a arătat adevărata faţă de regim autoritar fals democratic care doreşte să-şi menţină şi să-şi perpetueze puterea călcând peste cadavre.

Nimeni din lumea civilizată, cu democraţii autentice, văzând desfăşurarea de forţe cu gaze lacrimogene, cu bâte şi cu cai, împotriva propriilor cetăţeni, n-o să vadă altceva în cele petrecute la Bucureşti decât expresia unui regim autoritar ce se îndreaptă către o dictatură a penalilor şi mafioţilor.

Nu ştiu cât din populaţia ţării va fi înţeles manevrele sinistre ale puterii discreţionare şi samavolnice, nu ştiu câţi dintre cetăţenii care n-au votat dintr-un motiv sau altul s-au dumirit cum stă treaba cu aşa-zisa democraţie actuală, cert este că nimănui nu-i convine să fie timorat şi înfricoşat de exercitarea puterii, că la alegerile ce vor avea loc în viitor vor şti pe ce să pună ştampila, pentru a nu mai fi păcăliţi.

Şi cert este că în Mamonia se petrec în continuare tot felul de lucruri necurate care afectează negativ viaţa fiecărui trăitor pe acest pământ şi singura modalitate de a scăpa de această cangrenă naţională este trezirea din espectativă şi unirea solidară pentru instaurarea unei democraţii autentice, cu o viaţă decentă şi prosperă.

Mă întreb retoric, nu ştiu pentru a câta oară, chiar atât de nevolnici şi handicapaţi să fim, chiar atât de letargici încât să nu ne intereseze soarta şi viitorul copiilor noştri ?

E imperios necesar ca Mamonia, atât de reală şi nefastă, atât de păgubitoare pentru viaţa noastră, să dispară pentru totdeauna iar România centenară să se regăsească şi să înflorească.

◆◆◆

Pe cât de neverosimil şi odios se prezintă lucrurile în Mamonia, cea veşnic confuză şi prăduită, pe atât de revigorant şi plăcut e să vezi cum machedoanca noastră, o fătucă mignonă şi extraordinară, uimeşte şi cucereşte întreaga lume cu bărbăţia şi voinţa ei.

Simona Halep, pe care eu am văzut-o ca o luptătoare de prim ordin şi căreia i-am închinat şi o poezie într-una din cărţuliile mele, nu se dezminte şi obţine victorie după victorie în partidele de tenis pe care le susţine. Iată că după nişte eforturi titanice cu adversara ei, americanca Stephens Sloanes, obţine şi trofeul de la Montreal, spre admiraţia şi simpatia întregii lumi nu numai sportive, punându-şi în valoare, încă o dată, calităţile extraordinare de tenismenă neobosită şi luptătoare.

Oricâţi câtitori de meserie ar fi strâmbat din nas pe parcursul evoluţiei ei, campioana noastră mondială a depăşit toate aşteptările, adjudecându-şi victoria în lupta cu toate adversarele sale, indiferent de vârstă sau gabarit, indiferent de etnie sau poziţie geografică.

Fără nici cea mai mică reţinere, indiferent de evoluţia ei viitoare, eu i-am înălţat în suflet o statuie de aur în mărime naturală printre cei mai valoroşi şi iubiţi sportivi ai lumii. Merită toate onorurile ! Binecuvântat fie neamul care odrăsleşte asemenea exemplare !

◆◆◆

Când m-am pronunţat despre faptul că înscenarea securistă şi privarea de libertate mi-au frânt aripile şi mi-au distrus viitorul, n-am făcut o afirmaţie gratuită.

Dacă luăm în considerare doar cele trei decenii care s-au scurs din 1965, când m-am căsătorit şi stabilit în Bucureşti, până în 1995 când m-am pensionat la limita de vârstă, putem realiza cât de vitregă a fost existenţa mea ca simplu pălmaş al unui regim criminal, trăind cu spaima în suflet, în exil interior, şi cât de benefică a fost, chiar în acele condiţii grele, existenţa confraţilor care au creat şi s-au realizat.

Mă voi referi doar la câţiva dintre colegii de facultate şi la un prieten cunoscut prin fratele meu Geo.Toţi aceştia s-au realizat, având o activitate mai mult sau mai puţin prodigioasă şi un palmares literar asemenea, în conformitate cu talentul respectiv şi puterea de muncă a fiecăruia.

Un exemplu grăitor este fostul meu coleg de facultate şi de an, scriitorul oltean Marian Barbu care, profesor de limba şi literatura română fiind, a ajuns profesor doctor şi a scris mai multe cărţi, reuşind să aibă o bibliografie consistentă şi valoroasă.

Asemenea lui, dar plecat prea de timpuriu dintre noi, este colegul meu de grupă, scriitorul Petru Mihai Borcea, autorul câtorva cărţi de tot interesul şi poetul Virgil Mazilescu care s-a impus ca poet de referinţă.

O ascensiune fulminantă a avut colega mea de an Gabriela Pană Dindelegan, cu o activitate pedagogică, şi nu numai, prodigioasă, devenind şi membră corespondent a Academiei Române.

Nu mai puţin relevanţi sunt foştii colegi George Gibescu, Nicolae Constantinescu, Nicolae Rotund, George Littera, Aurelian Chivu dar şi colegele Ioana Lipovanu şi Antonia Constantinescu, exilată în Franţa, unde a activat susţinut, timp de treisprezece ani la ziarul „Lupta".

Ce să mai spunem despre polivalentul Doru Moţoc, prieten bun timp de o viaţă, care a scris poezie, proză, teatru, eseuri şi jurnalistică, şi de care sunt mândru, atribuindu-i şi numele de Zorba ?

Dar despre buzoianul-hârşovean Ion Roşioru, cunoscut prin Geo care locuia în Hârşova ca şi el şi care a şi scris câte ceva despre creaţia mea ? Sau Alexandru Cetăţeanu din Amărăşti, cunoscut prea târziu, care, totuşi m-a onorat cu produse în revista lui canadiană „Destine literare" ?

Toţi aceştia şi alţii, ca Iulian Neacşu, Ion Andreiţă, Ilie Cişleagă, etc. deşi au trăit în regimul comunist, au putut să se manifeste şi au realizat opere literare demne de toată atenţia.

Pe când neisprăvitul de mine ce-am făcut ? M-am zbătut toată viaţa ca un limbric, publicând pe ici şi colo, editând ceva cărţulii care aduc a broşuri şi nereuşind nici măcar să devin membru al breslei literare. E trist, dar adevărat.

◆◆◆

Dacă de Sf. Marie tot le-am urat apropiaţilor de ziua onomastică, mi-am luat inima în dinţi şi i-am telefonat şi Vrăbiuţei, creştina consăteancă atât de urgisită şi neajutorată.

Abia intrase în apartament, încărcată cu pungile de medicamente pe trei luni, şi abia mai putea vorbi, cu glasul tremurând, de istovită ce era. Parc-o şi văd, o mână de femeie, uşmindu-se cu povara şi abia mai răsuflând.

Am schimbat câteva cuvinte, ne-am căinat reciproc, ne-am urat sănătate şi am sistat convorbirea. Mi-era de ajuns sau, şi mai corect, ni-era de ajuns. Insuportabilă mai e şi bătrâneţea asta !

◆◆◆

În fiecare zi descopăr lumea, ceea ce e un lucru minunat. Ar fi păcat să cad în inerţie, să fiu stereotip, ar fi păcat.

În fiecare zi renasc la viaţă şi mă uimeşte tot ce e divin. În fiecare zi, de dimineaţă mă rog lui Dumnezeu şi mă închin.

Puterea vieţii e copleşitoare, sunt uluit de veşnicu-i asalt. Chiar dacă o vieţuitoare moare, o alta se ridică spre înalt.

Şi nicio irosire nu-mi ocupă frumoasa clipă bună de trăit. Când trist mă simt, mai beau un vin din cupă şi un poem mai scriu, şi-s fericit.

◆◆◆

-Iar te-ai retras în bârlog, monşer, iar faci grevă ! mă ia în primire prietenul meu Ion Zavera. Ai obosit sau eşti bolnav ?

-Nici una, nici alta ! Realizez cu amărăciune că prostiile, ineptiile, aberaţiile debitate frecvent , ba, şi cu pretenţii, de toţi cei ce cuvântă, concură cu nisipul de pe fundul mării şi cu stelele de pe boltă. Şi cei mai mulţi o fac cu atâta aplomb şi siguranţă de sine încât rămâi interzis şi iar te năpădesc crizele de muţenie.

Prietenul meu nu se lasă şi continuă provocarea.

-După logica ta, scuză-mă, ar însemna că ideal pentru umanitate ar fi să tacă, să nu mai socializeze în nici un fel, să trăiască, dacă ar fi posibil, ca o infinită mare mută. Hai, spune şi tu, cât de caraghios poţi să fii !

Observaţiile şi reproşurile lui nu-mi pică deloc bine, realizez că exagerările lui evidente nu sunt prea departe de adevăr.

-Iar după logica ta, stimabile, ar fi normal ca umanitatea să se îngroape de vie în propriile enormităţi, deversate generos, la nesfârşit, într-o iresponsabilitate totală. Tu nu vezi ce gogoriţe poţi să scoţi din tărtăcuţa ta ?

Prietenul meu, cu ochii larg deschişi, cu o faţă ca de bidon turtit, încearcă să mă îmbuneze.

-S-ar putea ca, într-o oarecare măsură, să ai şi tu dreptate ! Eu zic că ar fi mai benefic să găsim o modalitate mai adecvată, pentru a ne înţelege şi coopera. Dar nu ştiu care ar fi aceea. Ştii tu şi nu vrei să-mi spui ?

-E-hei, amigos, dacă aş şti, doctor aş fi ! Dar mă încumet să-ţi prezint o părere de om onest şi echilibrat.

-Păi, spune-o, nene, de ce mă fierbi atât ?

-Cred că în spaţiul public ar trebui respectate cu stricteţe nişte rigori precise, cu caracter de lege. Să se prevadă ca dreptul la cuvânt să-l aibă doar cei cu un anumit grad de pregătire şi cu un puternic simţ al autocenzurii. Astfel încât cantitatea prostiilor cu pretenţii să fie cât mai diminuată posibil.

-Păi, nu aşa se procedează şi în lumea noastră ?

-Categoric, nu ! E o inflaţie de creiere deficitare fenomenală, e un adevărat dezastru ! Numai aşa se poate explica excesul aberant de poliloghie gratuită, numai aşa realizăm cum poate să ne înghită uriaşa deversare de nimicuri vesele şi banalităţi crase ! Parcă însuşi Diavolul ne-ar fi luat minţile şi se joacă în draci cu ele.

Prietenul meu uluit de cele auzite, intervine.

-Şi nu se poate stăvili în nici un fel acest fenomen ?

-Cred că s-ar putea într-o oarecare măsură, numai respectând criteriile expuse mai sus ! Când competenţa şi responsabilitatea n-ar mai fi simple mofturi, când respectul de sine şi-ar reintra în drepturi şi când geniul n-ar mai fi interzis de asaltul nemilos al mediocrităţii.

-Aşa să ne ajute Dumnezeu, bibicule ! Că rău am mai ajuns !

◆◆◆

-Mister Donchi, ce-ţi mai place să mi te prostologeşti !

-Fac şi eu ce pot când nu am noi idei pentru poveşti !

-Dar o faci cam des, magistre, nu îţi pare curios ?

-Şi de ce, mă rog, când toate s-au întors cu susu-n jos ?

Crezi mata că aş mai prinde în cârlig vreun baboi

De m-aş exprima stilistic cu poveşti şi gânduri noi

Crezi că lumea bulversată într-un hal fără de hal

Mi-ar mai urmări vreo saga cu un nobil ideal ?

-Va să zică faci rabaturi, numai ca să ai succes !

-Că cam (sic!)asta am ca ţintă, hombre, vezi c-ai înţeles ?

-Mister Donchi, mi-e ruşine să ţi-o spun, dar eşti pierdut !

-De ce-ţi faci mata probleme ? Eu nu ştiu ce-am de făcut ?
Fac ce ştiu, şi fac ce-mi place, ca să ştiu de ce-am trăit Mândru, suveran şi liber în eternul infinit.
-Mister Donchi, n-am cuvinte ca să te mai contrazic !
-Nu-i nimic, amărăştene, ţi se iartă, nu-i nimic !

♦♦♦

Am văzut aseară un film cu un criminal în serie în care împricinatul era un domn elegant, foarte atent şi curtenitor, la care nu te-ai fi gândit pentru nimic în lume că ar fi în stare să ucidă. Ei bine, stând şi analizându-mă atent, am ajuns la concluzia că şi eu sunt un criminal în serie nedescoperit.

În anii adolescenţei şi tinereţii, dacă mă gândesc bine, am fost asasinul fără simbrie al propriei existenţe, pe care am irosit-o într-un mod incalificabil. Cine-ar fi putut să mă bănuiască, din moment ce mă prezentam ca o făptură nevinovată şi simpatică, la discreţia soartei, purtat de valurile destinului ?

După anii zbuciumaţi ai studenţiei, când securitatea regimului comunist mi-a tăiat aripile şi m-a condamnat pe viaţă la o existenţă banală şi marginală, am comis cu bună ştiinţă cea mai odioasă crimă, ucigându-mi idealul şi toate visurile, fiind nevoit să supravieţuiesc ca un troglodit printre ceilalţi troglodiţi. Nimeni nu şi-ar fi putut imagina şi n-ar fi putut crede că omul matur şi serios care eram, ar fi putut comite o asemenea crimă. Şi totuşi, într-un mod greu de înţeles şi de acceptat, n-am făcut altceva decât să-mi suprim, zi după zi şi an după an, pe tot parcursul vieţii, cele mai frumoase visuri, cel mai înalt ideal.

Căutătorii de nod în papură mă pot suspecta şi acuza de cine ştie ce sindrom al autoflagelării sau altei acţiuni sinucigaşe. Dar, urmându-mi logica, de ce nu am putea conveni că acuzele de crimă sunt perfect întemeiate iar spectrul care vă vorbeşte nu este decât umbra jalnică a omului care putea să fie şi nu a fost ?

◆◆◆

Pe site-ul Contributors.ro din 20 august a.c. strănepotul poetului Şt.O.Iosif, profesorul şi scriitorul Marius Iosif semnează articolul „România feudală şi România occidentală", în care analizează cu competenţă şi acribie caracteristicile celor două sisteme.

Întrucât mi-a plăcut modul lui de abordare, mi-am îngăduit şi m-am pronunţat şi eu ca forumist pe 21 aug., când am citit articolul. Dar cu un gust amar tot rămân, realizând că sunt prea puţini cei ce citesc asemenea produse. Prezint citatul.

„Nu-mi place să mă încurc în tot felul de termeni şi sintagme clarificatoare privind comunismul, capitalismul, fascismul. Toate sunt vorbe.

Realitatea cruntă în care ne zbatem am simţit-o chiar de la aşa-zisa cădere a comunismului din dec.1989, când am văzut sumbrele personaje care au preluat puterea. Încă de atunci n-am încetat să trag alarma asupra TBC-iştilor (Tâlhari, Bandiţi, Criminali) încârdăşiţi în Congregaţia Şobomanilor, în cărţuliile pe care le-am scris pe banii din pensia mea mizeră. Încă de atunci am realizat pericolul de moarte pe care aceştia îl reprezintă şi nu încetez nici astăzi să cred acest lucru. Aceşti TBC-işti încârdăşiţi în rele sunt cel mai mare pericol pentru naţiunea noastră, cu atât mai mare cu cât a reuşit să obţină puterea politică prin votul acordat de cei orbi şi orbiţi.

Nu vedeţi că toate încercările şi eforturile noastre pentru o democraţie şi o justiţie reală s-au lovit ca de un zid inexpugnabil de existenţa lor ? Nu realizaţi că suntem învârtiţi pe degete de această funestă congregaţie, specializată în cele mai mârşave manipulări şi diversiuni ? Şi nu înţelegeţi că atâta vreme cât ei vor deţine puterea , naţiunea noastră continuând să trăiască într-o stare de espectativă şi letargie extrem de periculoasă, nu vom putea realiza nimic pentru copiii şi nepoţii noştri ?

Câtă vreme nu ne vom ridica, în unire şi solidaritate, cu toată fermitatea, pentru anihilarea urgiei TBC-iste, această ţară nu va avea câştig de cauză, va ajunge ca un mormânt pe care nu va mai creşte nici iarba.

Nu sunt sceptic, nu sunt nihilist, nici provocator ! Vârsta şi experienţa mă îndreptăţesc să mă pronunţ atât de clar şi elocvent."

♦♦♦

Corzile viţei din faţa ferestrei se-agită şi freamătă-n vânt. De parcă ar simţi apropierea toamnei.

Câteva fire de roşii rămase în viaţă din răsadul primit de la d-l Popa, vecinul din capul străzii Dej, pe care le tot ud, s-au înălţat până la doi metri, şi-au lăsat să moară frunzele de la bază iar partea superioară unde au apărut nişte floricele galbene a rodit o singură roşie alungită cât un deget, parcă sfidând lumina soarelui ce-o îmbrăţişează şi mângâie.

În curtea din spatele casei e ca după război. Caisul bolnav şi-a dăruit de ceva vreme rodul afectat de mană, puţin şi imposibil de mâncat.

Prunul, căruia i se rupeau crengile de rod, şi-a dat şi el obolul. Toate fructele, mari, lunguieţe şi zemoase, dar stricate, au căzut la pământ, fiind nevoit să le adun şi să le duc la pubelă.

Pământul e înverzit din loc în loc de cuiburile de căpşuni care supravieţuiesc ca prin miracol, nesăpate şi neudate.

Doar pe lângă cele două alei mai freamătă pricăjite nişte flori puse de mine şi udate cu cana, cât să nu moară de-a binelea.

Şi totuşi, oricât de sărăcăcios e peisajul, să nu-i spun deplorabil, aici îmi fac veacul de primăvara până toamna, bucurându-mă de umbra pomilor, de aer şi de lumină.

Zilnic asist consternat la circul şi mascarada de pe eşichierul politic al Mamoniei, dar mi-e atât de silă şi lehamite de tot ce văd şi aud, încât, iată, prefer să scriu despre orice altceva, numai despre acestea nu.

♦♦♦

Cu amărăciune adun de pe corzi puţinii struguri stafidiţi şi uscaţi şi-i pun într-un lighean pentru a fi aruncaţi la pubela de gunoi. Unde mai găsesc boabe acceptabile, le strâng şi le mănânc pe loc, cu o minimă satisfacţie.

Nu-mi amintesc ca în toată existenţa mea de peste opt decenii vara să fi fost atât de vitregă cu bieţii muritori. Parcă un duh rău s-ar fi perindat pe deasupra culturilor de toate felurile şi le-ar fi compromis, aşa că nu ştiu cu ce-şi vor mai umple aceştia hambarele.

Colac peste pupăză, s-a iscat şi o epidemie de pestă porcină care face ravagii, fermele de porci şi gospodăriile ţărăneşti fiind obligate să eutanasieze toţi porcii. Se estimează că nu vom mai avea de mâncat decât carne de import, deci toate se vor scumpi, făcând ca viaţa să fie şi mai frumoasă- între ghilimele.

Am vorbit la telefon cu vărul meu Tudorică Vlad din Curcania care se luptă, ca şi mine, cu singurătatea. El se vaită că ai lui, fata şi ginerele, vor să-l scoată din bârlog, pentru o escapadă la munte, ceea ce lui nu prea-i convine. Eu mă vait că ai mei vor pleca iarăşi în concediu în Grecia şi va trebui să stau acasă, ca deobicei, pentru a avea grijă de pisică. Deci, se poate uşor constata diferenţa dintre fiică şi noră.   .

De consemnat şi faptul că fătuca noastră, nomber one mondial la tenis, Simona Halep, ne-a oferit în deschiderea jocurilor de la US Open din New York o mare dezamăgire, fiind eliminată din primul tur, de o estoniancă, Kaia Kanepi, cu scorul de 6-2, 6-4. Asemenea schimbări de situaţie de tot rahatul, nouă, spectatorilor şi fanilor, ne par inexplicabile. Doar fătuca noastră îşi motivează înfrângerea, acuzând larma din tribune şi zgomotul infernal din oraş care o afectează, neputând să se concentreze.

În zona politică, să mă refer, totuşi, şi la asta, se petrec lucruri atât de bizare şi contradictorii, încât e mai sănătos să-i dai dracului pe toţi şi să-ţi vezi de propria sărăcie şi neputinţă. Nimeni nu scapă de grija Celui de Sus.

M-am plictisit deja de lipsa mea de idei şi sunt nevoit să pun punct. E mai bine aşa.

♦♦♦

Se taie porcii într-o disperare, pesta porcină s-a cronicizat, nu se mai ştie cine, unde, care, e totul un măcel nemeritat.

Sălbăticia e în plină floare, călăii masacrează cu furror iar ţara plânge că mereu îi moare o parte din speranţa-n viitor.

Stăpânii motivează şi explică fărădelegile ce le comit cu tot tacâmul, fără nicio frică de Cel Ce Vede Totu-n Infinit

Se taie porcii, plânsete şi jale pe plaiul mioritic se întind şi nimeni nu întrezăreşte-o cale spre echilibrul veşnic nefiind.

Pe-acest pământ se taie şi se toacă într-un regim cum nu s-a mai văzut şi nu e Domn care să dea la moacă tâlharilor de-un soi necunoscut.

Suflarea, consternată şi năucă, asistă la teribilul măcel şi-aşteaptă ca urgia să se ducă la dracu-n praznic, la Mefistofel.

Doar că blestemul care o străbate nu poate să dispară din senin. Doar acţiunea-n solidaritate i-ar preschimba netrebnicul destin.

O crimă înlesneşte altă crimă, când nu e judecată, cum e drept, şi toată libertatea o suprimă în apetitul ei hulpav, inept.

O, Doamne, câtă frunză, câtă iarbă se face scrum în tot acest infern ! Şi nu e nimeni pacostea s-o fiarbă şi să pleznească-n vaierul etern !

M-am găsit eu, o biată arătare, nevrednică şi la sfârşit de drum, să înfierez dezastrele barbare ce se petrec aicea şi acum.

◆◆◆

Am trimis ultimele trei pagini la rev. „Singur" care mi le-a şi onorat, ca deobicei. Nu e nimic de mirare.

Azi m-am trezit cu un telefon cu o voce cunoscută. Cine credeţi că era ? Nimeni altul decât individul suferind de sindromul logoreii excesive, care m-a căutat nu atât din simpatie sau curiozitate cât să-mi spună la a câta carte editată a ajuns şi câte mai are în portofoliu, dar nu le poate tipări deocamdată, pentru că nu mai are lovele. Mi-a spus şi care e publicaţia pe care o frecventează iar eu, când am auzit, i-am răspuns că numai când aud de cei ce o scot, mi se zbârleşte părul în cap, neputând suporta nici măcar amintirea lor. Am convenit că la mijloc e doar o chestie de gust. Noroc că am auzit nişte bătăi în poartă şi a trebuit să curm, cu scuzele de rigoare, dezagreabila conversaţie.

Cu totul altceva e să-l vezi şi să-l auzi vorbind pe autorul romanului „Orbitor", invitat la un post de televiziune. Omul nostru are farmec şi charismă, îşi prezintă ideile coerent şi cu degajare, nu face caz de

100

renumele şi operele sale care au cucerit mapamondul. E un scriitor adevărat, fericit când scrie, în general câte două-trei ore în cursul dimineţii. Şi o face fără să mai revină asupra manuscrisului, considerând că aşa e mai bine.

Odioasa mascaradă mamoneză continuă în forţă, cu paranghelii şi scandaluri, cu lovituri sub centură şi ameninţări, cu tot tacâmul lor mizerabil. Orwell ar fi invidios.

În ultimii ani Pronia a decis să ne bucurăm de pagubele produse de gripa aviară şi de pesta porcină. Acum ne-am pricopsit şi cu urgia unor insecte care distrug culturile de roşii mai rău decât o făceau gândacii de Colorado şi lăcustele cu alte culturi. Probabil suntem puşi la încercare cu cele mai greu de imaginat provocări pentru a se vedea cât de rezistenţi şi de capabili suntem. Nici nu mai pun la socoteală agresivitatea tot mai mare a sălbăticiunilor înfometate care atacă gospodăriile şi culturile oamenilor.

Cât despre viitor, ce să mai spunem ? Sunt tot mai frecvente filmele SF cu actanţi, cyborgi şi replicanţi care te scot din circuit şi-ţi fac părul măciucă. Nu-i aşa că viitorul sună bine ? Cât de departe suntem de cei ce vrem să fim

e-o cale străbătută doar de tehnologie
noi urmărim ca-n transă parcursul ei sublim
dar nu ştim, pân-la urmă, ce va mai fi să fie.

♦♦♦

Mi-am adus aminte că într-o cutie de carton mi-am adunat toate caietele cu poezii şi corespondenţă, până la un moment dat, când am renunţat şi am trecut le activitatea pe calculator.

Printre acestea am găsit şi o agendă 1968 în care am transcris toată corespondenţa din febr.1970-febr.1973 şi răspunsurile primite de la redacţiile publicaţiilor. Menţionez că în acea perioadă de exil interior expediam scrisori cu poezii la şapte-opt reviste deodată şi urmăream cu sufletul la gură să văd ce ecou au avut.

Nu pentru lauda de sine, nu pentru-a mă justifica, redau doar câteva răspunsuri de prin reviste, de cândva. Pentru a vă dumiri cât de activ şi prolific puteam să fiu în orele de după serviciu, când, în general, se ştie că oboseala îşi spune cuvântul.

De pildă, pe 20 nov.1970, am trimis rev. „Familia", recte poetului Ştefan Augustin Doinaş, o scurtă depeşă cu opt poezii. În numărul de pe ian.1971 mi se răspunde, pe numele real Petre Vlad. „ Am reţinut „Angoasă" şi „În spuma timpului".

Pe 14 dec.1970 am expediat rev. „Ramuri" şapte poezii, sub pseudonimul Doina Baladă. Răspunsul vine în numărul pe februarie 1971 şi sună astfel : „Versuri destul de frumoase, dar ce păcat că sunt pierdute în balastul locurilor comune."

Pe 29 dec.1970 am trimis rev. „Luceafărul" nouă poezii, însoţite de o scurtă depeşă adresată lui Fănuş Neagu. Ce-mi răspunde acesta în numărul din 6.febr.1971 ? Tot pe numele Doina Baladă. „Reţin fraza Cine sunt, ce sunt, de unde vin, încotro mă duc, ce rost ar avea în cazul de faţă asemenea hamletisme ? pentru că ea face corp comun cu poezia Sunt o catedrală de aer. Totul e măreţ, totul e desăvârşit, dar nici un cuvânt nu e icoană şi nici coadă de drac, întinzându-se spre rama icoanei. Vremea cuvintelor umflate cu ţeava, precum mieii serviţi în sâmbăta coborârii de pe cruce şi integrării în mormânt, e dusă pentru totdeauna şi n-are rost s-o regretăm". Precum se vede îţi sare în ochi empatia bibicului.

Pe 17 febr.1971 trimit o nouă scrisoare poetului Augustin Doinaş, la rev."Familia", cu trei poezii şi o depeşă însoţitoare, în care mă refer la refuzul Violetei Zamfirescu de la ed. „Eminescu" din Bucureşti de a-mi publica un volumaş de poezii şi la faptul că un alt manuscris a fost trimis la Ed."Cartea Românească", exprimându-mi scepticismul cu privire la aprecierea lui. În mai 1971 rev. „Familia" îi răspunde Doinei Baladă. „Regret, nu vă pot satisface dorinţa. De altfel, după versurile pe care vi le-am citit, eu cred că editura are dreptate". Îl rugam pe poet să-mi citească manuscrisul cu poeziile, refuzat de Ed."Eminescu"

Pe 7 aprilie 1971 trimit treizeci de poezii Anei Blandiana la rev. „Contemporanul". Ce-mi răspunde d-sa în numărul din 16 iulie 1971 ? „Faptul de a fi sub un alt pseudonim, unul dintre semnatarii obişnuiţi ai coloanelor de poezie din revistele literare mă face să cred că poeziile trimise de astădată sunt mai puţin reprezentative, sunt partea care nu a putut fi publicată. Oricum, cu sau fără acest joc de oglinzi al numelor literare, masivul ciclu pe care îl am în faţă mi se pare scris de un om cu experienţa versului, dar fără flacăra poeziei. Temele ştiute pe de rost, tonul cunoscut, tropii previzibili, toate se întrunesc pentru a desăvârşi impresia de făcut, nu născut. Totuşi, „În umbra copacilor" şi „Har", deşi neieşite din coordonatele comune, au svâcnire, foşnet". Cum s-ar zice mai pe şleau, după ce mă face albie de porci, catadicseşte să-mi întindă un deget. E bine şi aşa, crede cineva că vom dezarma ?

Pe 2 iunie 1971 îi trimit poetului Augustin Doinaş la rev."Familia" un mic grupaj de nouă poezii, cu scrisorica de rigoare. Răspunsul vine în numărul din august, pe numele real Petre Vlad. „Am reţinut „Pustiit fiord" şi „Poetul".

Pe 11 august 1971 trimit un grupaj de versuri rev."Tomis". Ce-mi răspunde d-l Olteanu în numărul de pe august ? „Dacă aveţi încredere în ceea ce scrieţi, neliniştea dv.e nejustificată. Poeziile trimise conţin un freamăt poetic autentic, iar incongruenţele pe care vi le reproşează redacţiile pot fi înlăturate cu timpul. E vorba în primul rând de abstracţiile cultivate prea insistent (Şi însetat de-adâncul meu nadir / M-afund în el cât numai să respir / Din puritatea-naltului zenit / Al lumilor din care m-am ivit – Cosmogonie) şi de unele influenţe neasimilate".

Rev. „Familia" din dec.1971 îmi răspunde la depeşa din 20 august „Nu aveţi mijloacele lirice şi filosofice necesare pentru a trata temele pretenţioase pe care le abordaţi. În schimb, baladele promit lucruri bune. "Straniul arbore" e remarcabilă. Dar, mai aştept".

Pe 2 oct.1971 mă adresez redacţiei „Românei literare" cu o scrisoare în care îmi exprim năduful şi nedumerirea privind modul cum sunt trataţi aspiranţii la glorie iar răspunsul vine în numărul din 11 nov.1971 în care are loc o tăioasă dezbatere teoretică asupra epigonismului şi mediocrităţii în artă, declanşată de poetul Geo Dumitrescu, cazul discutat fiind chiar eu. Îmi e reprodusă poezia „Din câte raze", drept mostră în acest sens.

Într-o scrisoare din 12 nov.1971 mă adresez poetului Geo Dumitrescu, exprimându-mi acordul cu opiniile sale exprimate dar nu şi cu tratamentul care mi s-a aplicat mie. Primesc răspuns de la Fănuş Neagu în „Luceafărul" din 27 mai 1972 care mă probozeşte astfel. „ Admiţînd că mi-ai fi cel mai bun prieten şi tot n-aş putea să fac nimic pentru dumneata. Citez din bucata Puiul Pierdut în plasma mumii, el nu putea să fie /

Decât un pui în germen, visându-se în zbor / Şi nu-şi desăvârşea, miraculos, destinul / Pulsând şi respirând prin caldul înveliş / decât asimilând în trudnica-ncordare / enorma zestre, numai albuş şi gălbenuş... Părerea mea e că-ţi dă dumnezeu peste mână numai în clipele când nu trebuie". Mai poţi spune ceva în faţa exterminatorului ?

Scrisorile către redacţii continuă în ritm susţinut. Tot eram eu ciuca bătăilor.

Iată şi răspunsul scriitorului Paul Anghel la o lungă şi lamentabilă scrisoare. cu un grupaj de zece poezii, din 19 ian.1972 „Stimate domnule Vlad, Am primit gândurile dvs. triste şi vă înţeleg. Dar ieşire nu există. Aţi acceptat condiţia poetului, trebuie să acceptaţi şi suferinţele care decurg. Am încredinţat redacţiei versurile dvs., deşi Contemporanul publică greu poezii. Cordial, al dvs., Paul Anghel."

Indiferent de modul cum mi se răspundea, eu îmi vedeam de treabă mai departe şi bombardam redacţiile cu scrisori de mi se dusese buhul.

Pe 24 ian.1972 am abordat rev. „Convorbiri literare" de la Iaşi cu o scrisoare însoţită de nouăsprezece poezii. Mi se răspunde pe 29 februarie 1972 astfel : „Ceea ce faceţi este într-adevăr poezie. Dacă aţi debutat, anunţaţi-ne, dacă nu, veţi debuta la noi. Vă vom publica în nr. viitor, cu câte un grupaj. Optimist."

Pe 31 ian.1972 îi trimit lui Augustin Doinaş la „Familia" douăzecişiuna de poezii. Mi se răspunde în aprilie 1972, astfel : „Am reţinut Patria visată, Nocturnă, Revelaţie-n pustiu. În general, atunci când nu vă hazardaţi în afirmaţii filosofice, şi când nu faceţi abuz de terminologie culturală sau istorică, reuşiţi lucruri remarcabile. Parcă de data asta sună ceva mai bine".

Pe 16 febr.1972 îi trimit zece poezii lui Geo Dumitrescu la „România literară", pentru ca acesta să-mi răspundă copios în numărul din 13 aprilie 1972. După ce mă face cu ou şi cu oţet, referindu-se la unele dintre poeziile trimise, îşi încheie execuţia astfel. „Poate că pe-aici, pe undeva, pradă unui elan real şi unei însufleţiri simplu omeneşti...să se afle începutul (şi puterea reală) a cântecului său, firesc, adevărat, cu glas propriu. Ne-ar fi foarte plăcut să-l putem auzi în continuare, din ce în ce mai distinct, mai răspicat".

Recitind, în continuare, depeşele trimise, pe care nu ştiu de ce nu le reproduc şi aici, retrăiesc emoţiile de atunci, cum de exemplu, după ce într-o scrisoare salut apariţia „Marelui singuratic" de Marin Preda şi reapariţia rev."Convorbiri literare" , mi se răspunde :" Scrisoarea dv. este aşa de elogioasă încât citind-o, toată redacţia a roşit. Nu-i rău ca din albastru să mai devii şi roşu."

În rev. „Argeş" nr.9 din 1972, la un grupaj de paisprezece poezii mi se răspunde, probabil Luiza Cristescu care venise la revistă. „Cred că unul din dialogurile de faţă le-am scris pentru dumneavoastră. Ştiu că suntem două fiinţe care ar putea comunica asupra poeziei, discordante fiind doar căile propriei noastre creaţii".

Pe 28 sept.1972, Geo Dumitrescu îmi răspunde în „România literară" la o scrisoare din 26 august 1972. „Filocampus Dintre compoziţiile îndemânatice (şi mai mulr chiar, uneori), ancorate riguros în versul clasic (şi câteodată în universul simbolist. v. „Plop de baltă", „M-absoarbe marea"), ne-au plăcut mai mult „Îndelung surâzând", „Nu-i ţara mea". Aşteptăm semnătura şi, fireşte, şi alte pagini reuşite".

Pe 25 sept.1972 am avut o discuţie cu Ioanichie Olteanu la redacţia rev. „Viaţa Românească" unde am predat zece poezii, dintre care trei au fost publicate în „Caietul Vieţii Româneşti"din noiembrie acelaşi an.

Pe 4 octombrie 1972 îi scriu pentru a doua oară lui Adrian Păunescu, care ţinea corespondenţa la rev."Tribuna" şi-i trimit douăsprezece poezii. Răspunsul vine pe 19 octombrie, după cum urmează: „ Scrisorilor literare, adresate mie mai de mult, nu le răspundeam pentru că nu-mi place să dau iluzii. Poeziile trimise au un aer vechi, neplăcut cu multe adjective şi multe cuvinte de serviciu. Cu o singură excepţie. Iat-o ! E o remarcabilă şi melodioasă poezie pe care mă bucur să v-o ofer ca exemplu, dumneavoastră înşivă".

În rev."Argeş" din decembrie 1972 Luiza Cristescu îmi răspunde la o scrisoare trimisă pe 7 octombrie, acelaşi an. „Mulţumesc pentru omagiul pe care mi-l aduceţi mie ca femeie, pentru spiritul lui de senectute, el ca şi tutuiala e singurul care poate fi primit, căci, e ca şi cum mi le-ar adresa bunicul."

Pe numele S.Planetaru, Geo Dumitrescu îmi răspunde în „România literară" din 11 ian.1973 la scrisoarea expediată pe 9 oct.1972. „Parcă e (ciudat!) totul mai mic, mai scăzut, mai obişnuit decât părea la început. Parcă e mai mult retorism, mai multă osârdie grafică convenţională, cuminte, şcolară, bătaia deia mai scurtă, cuvintele încălzite (când se încălzesc) mai puţin decât pretinde incandescenţa, etc. Câteva pagini ies din rând, totuşi, şi ne îndulcesc niţel dezamăgirea. „Clopotele","Nostalgii", „Dulce fagure de lumină", „În lumea morţilor", „Lângă pădurea-ntunecată". Să fie, oare, asta marginea cea mai de sus a lucrurilor ?"

În rev. „Argeş" pe dec.1972 juriul concursului de poezie patriotică, pe lângă cele două premii acordate lui Ion Mona şi Nicolae Coman, a apreciat şi lucrările trimise de mai mulţi expeditori, printre care şi Sorin Planetaru.

În fine, în rev. „ Tribuna" din 1 februarie 1973, Adrian Păunescu îmi răspunde astfel la scrisori. „Nu-mi încărcaţi conştiinţa cu dramele dv. personale. Îmi e destul să găsesc, din când în când, câte o poezie frumoasă în ceea ce scrieţi, şi s-o public. Ca de exemplu acum. Dar un aer vechi au poeziile dv., cu prea mult enorm, fantastic, etc".

Nu mă îndoiesc că înşiruirea de mai sus va fi plictisit eventualul cititor, dar am ţinut s-o redau pentru a se vedea, negru pe alb, avatarurile îndurate de mine în procesul devenirii poetice. Subliniez că toate demersurile, reuşite sau ba, au fost făcute din propriul bârlog, unde-mi făceam veacul, în imposibilii nori de fum de la ţigările fumate.

Cât de diferite pot fi destinele poetice ! Şi cât de surprinzătoare ! Ca acum, la senectute, să mă ruşinez când unul sau altul dintre confraţi mi se adresează cu apelativul „maestre". Ar fi şi asta o posibilitate printre altele, doar eu sunt extrem de reticent pentru a mi-o însuşi.

◆◆◆

E ceva vreme de când tot sunt bătut la cap să mă duc la ORL-ist, pentru că n-aş mai auzi ca lumea. Ei bine, astăzi, programat fiind din timp, ne-am prezentat la doctor, o doamnă. La clinica Lotus de pe str.Dornei.

Mi-a făcut investigaţiile de rigoare, zgâindu-se în urechile mele, după care a trebuit să-mi scoată doapele. M-am întins pe patul medical, mi-a administrat nişte picături, apoi a trecut la executare. Şi dă-i, şi stropeşte, şi sondează, şi iar dă-i şi stropeşte, treaba a durat aproape o oră până a reuşit să-mi scoată crocodilul, după cum îi spune doctoriţa dopului din ureche. Mi-a prescris şi nişte medicamente, pe care le-am şi luat de la farmacia de lângă noi. Şi am plecat acasă cu urechile înfundate cu nişte cârpă, pe care urmează să le scot ziua următoare. Să sperăm că lucrurile vor decurge ceva mai bine. Doar sunt pachiderm, ce naiba !

Iar pentru că pe ureche, pe partea superioară a lobului drept, mi-a apărut o zgaibă de câteva luni, care nu trece, mi s-a recomandat să obţin un bilet de trimitere de la medicul de familie, pentru o nouă vizită, apoi să văd ce-i de făcut la dermatologie. Am auzit-o şoptindu-i lui Cătălin că e necesară o puncţie pentru analiză. Se va face şi asta, că doar am pornit pe căi recuperatoare.

Aaa, ORL-ul a costat trei sute optzeci de lei, pe care i-a achitat fiul meu de pe card, medicamentele au costat şaptezeci şi cinci de lei, pe care i-am plătit eu în numerar.

Şi astfel, la vita e bella, mergem mai departe cu fruntea sus.

◆◆◆

Astăzi Cătălin cu familia a plecat într-un sejur în nordul Moldovei, Bucovina şi Maramureş, cu un plan bine dichisit de a vedea lăcaşurile sfinte şi frumuseţile locale specifice.

Eu, ca şi fratele meu Francisc din Assisi, am rămas cu cerul, cu păsările şi cu pisica Lea. Cine va mai fi ca mine ?

◆◆◆

La emisiunea TVR 2 „Cooltură" moderată de mai tânăra Elena Nagâţ l-am prins vorbind pe poetul Klaudiu Comartin care, cred eu, ştia bine ce spune. Neştiind prea multe despre el, am căutat pe internet şi am găsit. Tipul acesta nu se joacă, chiar face poezie. Se vede cum e receptat, tradus şi premiat. Ce rău îmi pare că vremea mea s-a dus ! Tare mi-ar fi plăcut să-l dau cu zgaidaracele în sus. Aşa că, de năduf şi inimă albastră, trimit şi eu versuri în draci la rev. „Singur", care mi le şi onorează imediat. E şi aceasta o minimă consolare.

Tot pe programul TVR2, la „Piersic Show", marele actor Florin Piersic şi Ileana Stana Ionescu s-au întrecut pe sine, recitând poezii de Ion Lucian, Aurel Baranga şi Ion Pribeagu.

◆◆◆

Dacă tot au plecat în voiaj ai mei- fiul, nora şi nepotul- au avut grijă să-mi prepare câte ceva şi să-mi cumpere de la magazin, pentru a nu crăpa de foame.

Coana Joiţica, adică noră-mea, mi-a pregătit nişte chifteluţe trăznet, o budincă imensă şi ceva macaroane. Fiul meu mi-a cumpărat măsline în ulei, diverse preparate pentru micul dejun, caşcaval, pateu de ficat, peşte şi ce-o mai fi. În frigider mi-au mai lăsat ardei capia, mere, prune, pere, struguri şi alte boabe.

Am mâncat eu cât am putut din chifteluţele usturoiate, primele trei zile, dar nu m-am lăsat până nu mi-am pregătit o tocană de cartofi ca la mama acasă, cu ceapă multă, cu morcovi, ardei capia, câteva chifteluţe fărâmate, dafin şi câte ceva ingrediente din pliculeţe. Abia aştept să se răcească şi să mă înfrupt din mâncarea gătită de mine.

◆◆◆

Aseară l-am revăzut la Realitatea TV, moderată de Rareş Bogdan, pe esotericul Oreste Teodorescu, fiul colegei mele de facultate Ioana Lipovanu, susţinând cu năduf şi tărie o diatribă necruţătoare la adresa stării de fapt şi a ipochimenilor ce conduc România. Mi-a plăcut foarte mult de el, situându-se la un înalt nivel spiritual şi dezbătând cu curaj, cu acribie şi în cunoştinţă de cauză cele mai grave probleme cu care se confruntă societatea românească.

Ajuns la deplină maturitate, stimabilul Oreste şi-a învăţat lecţia atât de bine încât rechizitoriul lui, argumentat şi la obiect, se desfăşura ca după carte, neavând nimic forţat sau gratuit, lăsându-l cu gura căscată până şi pe partenerul lui de dialog.

În concluzie, justiţiarul nostru nu a iertat pe nimeni şi nimic, scoţând în evidenţă carenţele impardonabile ale societăţii româneşti, precum lipsa credinţei în Dumnezeu, lipsa marilor repere spirituale, lipsa unităţii şi solidarităţii, cultivarea incompetenţei atât de păguboase, practicarea excesivă a corupţiei, toate acestea îndepărtând România de standardele lumii civilizate şi menţinându-ne într-o zonă gri, nesigură şi expusă oricând marilor convulsii sângeroase şi distructive.

Ce păcat că nu sunt mai tânăr pentru că aş trece pe aceiaşi baricadă cu el fără nicio ezitare.

◆◆◆

Cât de diferită e percepţia lucrurilor, a lumii şi a realităţii !

Nu mai departe, evenimentele dramatice din 10 august, când jandarmeria a reprimat cu bâte, gaze lacrimogene şi furtunuri cu apă demonstraţia paşnică a diasporei şi nu numai, un om în vârstă decedând din cauza gazelor.

Ticăloşii care au programat şi dirijat aceastăa infamă operaţiune, din teama de a nu fi înlăturaţi de la putere, susţin că totul ar fi fost finanţat şi susţinut de forţe din afara ţării, interesate să răstoarne ordinea de drept şi că demonstranţii au fost nişte provocatori şi nebuni care i-au forţat pe jandarmi să acţioneze.

Responsabilii cu aceste triste evenimente, începând cu şeful partidului majoritar, ministrul afacerilor interne, prefectul capitalei şi sfârşind cu ofiţerul care a condus în piaţă operaţiunile de reprimare, mint cu neruşinare, îşi pasează răspunderea de la unul la altul şi motivează că nici usturoi n-au mâncat nici

111

gura nu le miroase, în timp ce jandarmiada a devenit virală şi cunoscută în toată lumea. Culmea ironiei face ca însăşi Jandarmeria să deschidă dosar demonstranţilor pentru motivele ilare invocate mai sus.

Societatea civilă şi oamenii de bună credinţă văd lucrurile cu totul altfel. Peste şapte sute de demonstranţi au făcut plângeri, care nici peste o lună de la evenimente n-au fost clarificate şi rezolvate.

Mass-media nu mai pridideşte cu emisiunile de dezbateri pro şi contra, în timp ce imaginea ţării e tot mai compromisă, intrată în vizorul organismelor internaţionale, în vederea sancţionării şi situării ei într-o zonă gri, nesigură şi vulnerabilă.

Lucru cert rămâne faptul că ticăloşii TBC-işti (Tâlhari, Bandiţi, Criminali), încârdăşiţi în congregaţia şobomanilor şi încolţiţi de realitatea faptelor, vor fi în stare să treacă şi peste cadavre, pentru păstrarea puterii.

Până şi ministrul justiţiei, ajuns la mâna lor, luptă să se dea o lege a amnistiei şi graţierii care-i va salva pe toţi penalii din cârdăşia de la putere.

Toată această sumbră mascaradă se desfăşoară în forţă, spre satisfacţia ne-prietenilor care ne înconjoară şi abia aşteaptă să pună mâna pe o pradă bogată şi gustoasă.

Iată cum ştim noi să celebrăm Centenarul Marii Uniri !

Iată cum înţelegem să avem grijă de viitorul copiilor şi nepoţilor noştri !

Revenind la diferenţa de percepere a lucrurilor şi a lumii, nu mai departe de aseară am revăzut filmul ştiinţifico-fantastic Matrix, realizat de fraţii Lilly şi Lana Wachowski, cu interpreţii Keanu Reeves (Neo), Carrie-Anne Moss(Trinity), Lawrance Fishburne(Morpheus) şi

Hugo Weaving(Agentul Smith), care ne prezintă cât de relativă e realitatea din jurul nostru şi cât de i-reală.

Imaginaţia prodigioasă a realizatorilor acestui film, ca şi a altora, ne demonstrează la modul artistic cum nu se poate mai relevant cât de variată şi schimbătoare poate fi perceperea lumii.

Până acolo încât nu putem să nu acredităm viziunea marelui scriitor spaniol Calderon de la Barca, cel ce a afirmat în opera sa că „viaţa e vis". Iar poetul nostru nepereche Mihai Eminescu îi ţine isonul cu versul „...Că vis al morţii eterne e viaţa lumii-ntregi" din poemul „Împărat şi proletar".

Asta nu înseamnă nicidecum că trebuie să ne pierdem minţile, să nu rămânem cu capul pe umeri şi cu picioarele pe pământ. Numai întruchipările labile, care se orientează după cum bate vântul, pot îmbrăţişa o filozofie sau alta şi acţiona la întâmplare, după cum le dictează interesele meschine şi ticăloase.

◆◆◆

Dintr-o tastare în alta am ajuns la Anton Cehov. Ce scriitor ! Până la patruzeci şi patru de ani a reuşit să scrie o operă care l-a făcut nu numai clasic al literaturii ruse ci şi al literaturii universale. Cel puţin la noi dramaturgia lui e atât de apreciată încât nu trece an să nu i se joace cel puţin o piesă.

Personajul lui, Trigorin se întreabă la un moment dat cum va fi privit după moarte iar răspunsul este că e un scriitor bun, dar nu de talia lui Turgheniev.

Cu ceva timp în urmă am făcut nişte afirmaţii extrem de dure despre mine în raport cu creaţia literară. Nu am motive să mă dezmint pentru că, întrebându-mă dacă cineva îşi va mai aminti de mine după obştescul sfârşit, şi ce va avea de spus, puţine motive am să cred că ceva din scrisul meu va dăinui. Concluzie tristă dar nu ştiu cât de eronată.

Singurul meu roman comentat, Donchiada, care nu respectă niciuna din regulile romanului clasic, doar cu multă îngăduinţă poate fi considerat roman. Şi e publicat în atât de puţine exemplare încât este exclus să fi putut intra în atenţia cronicarilor. Deci, în concluzie, un copil născut mort.

M-ar putea consola gândul că sunt poet. Dar nu mă consolează întrucât nu am decât vreo opt cărţulii de poezie, într-un tiraj de rahat, care, nici ele nu au făcut vreo gaură-n cer. Mai întâi a avut grijă să mă execute criticul Alex Ştefănescu iar dacă la unul dintre volume s-a referit un alt comentator, acesta a considerat că versurile mele sunt creaţia unui bătrânel pensionar care-şi omoară astfel timpul.

Nu mă voi referi la comentariile elogioase, pentru că mi se par a fi prea subiective, exagerate şi prea puţine. De ce m-aş împăuna cu acestea, când nu e cazul ?

În concluzie, sunt perfect conştient când îmi scrutez profilul şi nu am nici un motiv să mă întreb cum îmi va fi posteritatea. În schimb mă resemnez cu gândul că într-o cultură cu grâu se mai prăseşte şi neghină, şi convieţuiesc bine merci, fără a-şi face probleme c-o fi şi c-o păţi. Ca să nu mă refer şi la Paganini care a cântat doar pe câteva corzi şi supravieţuieşte şi astăzi. Sau Louise Labe care a rămas cu o singură poezie în literatura universală.

◆◆◆

Dacă-mi stă mintea-n loc şi mă blochez, de nu-mi mai amintesc, să pici cu ceară, ce să însemne asta, mă întreb, ce demon mă sugrumă ca o fiară ?

O fi Alzheimer cel ce-şi bate joc de biata mea făptură obosită ? Oricine-o fi, poţi să m-arunci şi-n foc, nu-mi amintesc din urmă de-o clipită.

Or, dacă astfel lucrurile stau, şi nu e chip memoria să-mi (re)vină, sunt condamnat să cred că un Bau-Bau mă torpilează, poate, şi termină.

Eu nu fac caz de astfel de-ntâmplări frecvente dacă gândul nu m-abate, dar sunt o pradă sigură când văd că, în impas, mă zbat, căzut pe spate.

Ce va mai fi şi cum va fi, nu ştiu, şi nici nu vreau să fie o problemă, dar nu e după mine, dragii mei, iar chestiunea va rămâne-o temă.

Cu pierderi de memorie sau nu, determinaţi vom merge înainte spre gloria finală, numai tu rămâi etern dator să iei aminte.

Cu-acest Alzheimer nu e de glumit, el face-n lume doar ravagii crunte şi nu a fost de nimeni biruit, deşi atâţia vor să se confrunte.

Poate se va găsi şi pentru el un leac, să-i piară pofta să atace, datori suntem cu toţii, veac de veac, să-l biruim şi să ne lase-n pace.

Şi iată cum, uituc sau nu, mi-am zis că trebuie o pagină să scriu, şi-acuma văd că mi-am realizat proiectul, cât nu este prea târziu.

◆◆◆

Pur şi simplu mă îngrozesc când văd atâtea fenomene extreme, tot mai frecvente, tot mai distrugătoare.

Planeta noastră se află într-o grea suferinţă, datorită modului cum am tratat-o noi, oamenii. Acum ne dăm de ceasul morţii, încercând s-o salvăm, dar nimeni nu poate garanta că vom şi reuşi.

Groaza mea se amplifică atunci când mă gândesc la acţiunile nefericite ale oamenilor. Câte blestemăţii n-or fi ferite de ochii lumii, nedescoperite ! Şi câţi violatori experţi, rasaţi n-or supravieţui, nedecelaţi ! Dar crime, Doamne, câte n-or mai fi de rezolvat şi nimeni nu le-o şti !

Am ajuns să mă tem mai mult de oameni decât de fenomenele naturale. Faptul că prefer să-mi duc existenţa, în zilele care mi-au mai rămas, în propriul bârlog spune multe.

Când văd şi spectacolul politic cât de halucinant se prezintă, m-apucă damblaua. Nu mi-am putut imagina că oamenii pot ajunge atât de sălbatici şi feroce, îmbrăcaţi în haine de miel. Şi, pentru ce ? Nu doar pentru iluzia unei clipe de răsfăţ şi pentru câştigul final al unei gropi de pământ ? E peste puterea mea de înţelegere.

◆◆◆

După reflecţii îndelungate, astăzi am decis şi am trimis manuscrisul cu poeme „Liricunde" editurii „Singur" din Târgovişte, pentru a-mi scoate o carte în treizeci de exemplare. Mi s-a şi confirmat primirea lui şi urmează să mi se comunice preţul.

Citesc tot mai des prin revistele on-line poezii greu de digerat, şocante, care vor să-l zguduie pe cititor şi să-l dea pe spate. Îmi pare rău pentru stimabilii mei confraţi care se zbat să fie originali cu orice preţ, dar îmi rezerv dreptul de a opina că greşesc şi o pot da în bară cum nici nu-şi închipuie.

Iubiţii mei contemporani,
E greu succes să aveţi
Cu cai verzi pe pereţi
Sau luând-o pe mirişte.
Vă veţi trezi cu o linişte
Colosală în jurul vostru
Pentru că aţi scăpat căpăstru'
Şi v-aţi lăsat duşi la-ntâmplare
Aţi făcut o imensă eroare
Care vă costă cât nici nu gândiţi.

116

Nu vă lăsaţi dirijaţi
De impostori şi bandiţi
Că veţi fi terminaţi.
        Cum tot ne aflăm într-un templu
Ce aşa va rămâne
-Sanctuarul limbii române-
Luaţi de la mine exemplu
        Nici nu mai ştiu cât să fie
De când m-am proclamat
Magistru în prostologie
Fapt de necontestat
        Am stat şi am cugetat
Şi am ajuns la o concluzie formidabilă
În ceea ce mă priveşte
        Geniul turpitudinii
Nu-mi poate fi de nimeni negat
Şi pe el mă bazez
Când mă zbat şi combat
Neatins de ridicol
Sau săgeţi de rahat
        În concluzie, dragii mei,
Fiţi doar zmei-paralei
Pe a voastră fâşie
        Faceţi ca aceasta să fie
Un concurs de minunăţie
Şi veţi fi absolviţi
Şi de multe păcate
Până şi de prostie
        V-o spun eu, un păţit
Care a izbutit
Limitele să-şi spargă
Şi s-ajungă în lumea largă.
        ◆◆◆

Ce credeai tu, Mărioară, că berbantul o să moară înaintea ta şi-ţi lasă moştenire bani şi casă ? Nu, frumoasa mea de pică, echilibrul nu se strică, monstrul tău o să ţi-o tragă cât nu crezi, o viaţă-ntreagă, până când vei vrea, cuminte, ca să mori tu înainte. Căci priapicul ce-ţi face toate mendrele rapace nu-i dispus să părăsească lumea asta diavolească. Aşa dar, tu, Mărioară, caută şi ţi-l omoară cu năduf şi voluptate cât e viguros şi poate. Nu te da după perdele, nu te plânge de belele, căci satirul n-o să-ţi ierte toate gafele nefierte. Tu fă-i voia, Mărioară, pân-şi oasele să-l doară, şi-o să cadă lat pe spate, altfel, dragă, nu se poate !

◆◆◆

Oricât de drastic şi neîndurător sunt cu propria imagine, oricât de exagerat, nu se poate contesta un fapt evident. Oricâţi critici cârcotaşi ori ranchiunoşi s-ar repezi să mă execute, nu se poate nega faptul că sunt poet. Un poet autentic. Afirmat şi recunoscut exclusiv datorită eforturilor şi meritelor sale.

Cum poate vedea şi un orb, lumea este extrem de stratificată pe verticală. În acest caz chiar se poate vorbi despre lumi paralele. Întrucât, dacă există o categorie a marilor magnaţi şi potentaţi ai lumii financiare, există altă categorie a marilor spirite şi a marilor creatori din toate domeniile, după cum există şi categoria marilor producători de produse industriale şi de filme comerciale, şi aşa mai departe, până la stratul cel mai de jos al vagabonzilor, cerşetorilor şi handicapaţilor total neajutoraţi, care au nevoie de grija celor valizi.

Or, în acest diversificat, stufos şi cuprinzător tablou al preocupărilor omeneşti, şi umila şi insignifianta mea entitate şi-a găsit locul şi rostul pe palierul ei, realizându-se în modul ei specific, cu satisfacţiile şi dezamăgirile de rigoare. Chiar dacă nu mă intersectez direct cu oamenii de pe paliere superioare, trăiesc şi eu cu iluzia că exist şi sunt cineva. Ce mi-aş putea dori mai mult decât să fiu sănătos şi să mă bucur de viaţă ?

♦♦♦

Tastez şi ajung pe canalul TVR2, unde la emisiunea „Viaţa spirituală" văd un stimabil personaj perorând cu atâta patos şi elocvenţă încât am rămas pe loc perplexionat. Când am văzut cu câtă siguranţă şi admiraţie îl prezintă pe marele nostru Mircea Eliade ca autor al „Istoriei Religiilor" şi ca om între oameni, cu câtă uşurinţă dezbate problemele filosofice şi teologice, şi cu cât farmec, am căutat să dumiresc, spre ruşinea mea, că nu-l cunoşteam, cine este acest entuziast învăţat numit Nicolae Achimescu.

Am căutat pe internet şi m-am crucit când i-am văzut CV-ul. Acest ilustru personaj preot profesor doctor şi academician din Mehedinţi are o activitate atât de laborioasă şi prodigioasă, cum nu-ţi poţi imagina şi te duce imediat cu gândul la preocupările multiple şi de anvergură ale renascentiştilor.

Emul al lui Mircea Eliade, pe care nu precupeţeşte să-l prezinte în adevărata lui lumină de creator magnific, este el însuşi un strălucit istoric al religiilor şi profesor universitar, cu un portofoliu doldora de produse intelectuale şi de activităţi spirituale în ţară şi în Europa, unde este invitat să ţină conferinţe şi prelegeri, să-şi prezinte cărţile ori să le traducă pe ale altora.

Modul cum prezintă istoria confruntărilor dintre ateism şi credinţele religioase, dintre liberul arbitru şi divinitate, pedalând pe ideea revenirii de la secularism la dreapta credinţă întru Christos, argumentele sale

119

temeinice, nu te pot lăsa indiferent şi te pot convinge uşor să-i îmbrăţişezi filosofia de viaţă creştină.

Ilustrul nostru personaj nu oboseşte să-i facă lobby marelui nostru cărturar Mircea Eliade, socotindu-l ca fiind unul dintre cele mai grandioase repere demne de urmat. În umilinţa şi onestitatea mea mă învrednicesc să-i fac lobby pe această cale şi mehedinţeanului nostru pr. Prof. dr.Nicolae Achimescu care merită toate onorurile.

◆◆◆

Or, dacă la concursul literar „Fascinaţia mării", organizat de Forţele Maritime şi Navale din Constanţa, am primit nu trofeul, nu vreun premiu anume, ci doar premiul special acordat de „Cenaclul Mihail Sadoveanu" consider eu acordat ca o consolare, e cazul să mă supăr ? Ca ce (sic !) chestie ? Mai bine cu ceva decât cu nimic, nu ?

Iar dacă stimabilul Alexandru Cetăţeanu nu şi-a ţinut promisiunea de a-mi onora nişte poezii în rev."Destine literare" nr.45, pe mai-sept.2018, aşa cum îmi promisese, ar trebui să mă spânzur ? Ca ce(sic!) chestie ? Să fim serioşi ! Drept pentru care i-am şi trimis un mesaj, să mă ţină minte. Iată-l !

PERPLEXITATE

În urma promisiunii făcute de dv. privind onorarea unora dintre poeziile mele, am aşteptat cu sufletul la gură apariţia ultimului număr al revistei. Când, ce să vezi ? Revista a apărut, felicitări, dar...dar...şi-ncă un dar, fără respectarea promisiunii făcute.

Vă mărturisesc că am rămas mască. Drept urmare bibilica mi-a dictat următoarele versuri.

Băiat salon, am fost prezent la multe
Adună(tu)ri cinstite cu pileală
Dar n-am păţit eu nici în zări mai culte
Asemena grozavă păcăleală
    Vă felicit, magistre, mi-aţi servit-o
Cum nu-mi puteam imagina vreodată
Or, pentru asta, chiar nici un Benitto
Nu s-ar fi-nghesuit să-mi fie tată
    Că am căzut de prost, un oarecare,
Când aşteptam o altfel de primire,
Un nobil tratament, nu-i de mirare
Dar cum rămâne cu onoarea, Sire ?

P.S.-Bineînţeles că nu e de neglijat dictonul Rămâne cum am stabilit. Nu se poate ! Şi, cu asta ce-am făcut ? Crede-veţi că sunt pierdut ? Viaţa merge înainte orişicum, luaţi aminte ! Nu ne pierdem noi cu firea, nici cu Daddy, nici cu Firea. Am zis ! Sănătate şi tot binele din lume ! Nu ne punem noi pe glume ! Să fiţi iubiţi !

Nu ştiu cum va fi receptând mesajul meu, eu n-am făcut decât să-mi exprim nedumerirea. Restul nici nu mai contează.

N-o să vă vină să credeţi ! Trecând la lectura rev. „Destine literare", am ajuns la pag.44. Şi ce credeţi că am văzut ? Un grupaj de opt poezii ale mele apărea sub semnătura şi cu poza lui Alensis de Nobilis, client mai vechi al revistei, pe două pagini. Imediat m-am autosesizat şi i-am trimis un mesaj d-lui Alex Cetăţeanu, redactorul şef al revistei, rugându-l să corijeze greşeala. Cam impardonabilă, după umila mea părere. Acum aşteptăm să vedem ce se va întâmpla. Tărăşenia i-am divulgat-o şi lui Cătălin, ca să râdă şi el.

◆◆◆

Tocmai când eram decis să fac publică tărăşenia cu rev. „Destine literare", am primit răspunsul de la stimabilul Alex Cetăţeanu, în care îşi cere de trei ori scuze şi promite că va repara eroarea comisă. Deci, se poate ! Era şi cazul.
Iar la răspunsul meu prin care confirm că măsura luată mă satisface, am adăugat şi două catrene, stimabilul adresându-mi-se cu apelativul „Maestre"

Când şi mata mă apelezi „maestre"
Pot eu să cred că e adevărat ?
Mai bine-l cred pe-Arghezi cu „mai este !"
Şi totu-i pe deplin clarificat
Că sunt şi eu maestru, nu contest
Dar un Maestru în Prostologie
Şi astfel corespund la orice test
De demnitate şi de modestie.

Pam,pam !

◆◆◆

Pe internet vezi lumea precum este, o stranie, distopică poveste, cu forţe ce se-atrag şi se resping, exact ca luptătorii pe un ring, cu confruntări de o intensitate fantastică, învinge cine poate, cu acuplări sălbatice, barbare şi cu iubiri divine, singulare.
Pe internet, oricine îl străbate, se poate pierde ca-n eternitate, ca-ntr-un pustiu de beznă şi lumină, fără putinţă-n lume să revină, fără putinţă-n fire să-şi revie, captiv abandonat pe veşnicie.
Când crezi că e o rampă de lansare el te scufundă pe un fund de mare, când crezi c-o să găseşti

ceva, ei bine, se prăbuşeşte cerul peste tine şi nu mai ai vreo şansă de salvare când totul împrejurul tău dispare.

O inimaginantă nebunie pe internet prosperă în prostie şi nu există forţă s-o oprească în ordinea din stirpea omenească.

Pe internet apare şi dispare, ca-ntr-o magie, tot ce ţi se pare mai fascinant şi indimenticabil şi orice mort este perfect scuzabil

♦♦♦

Fenomenele extreme care au loc pe pământ produc ravagii greu de imaginat şi tot mai multe pierderi de vieţi omeneşti.

Numai cutremurul din Indonezia, urmat de un tsunami, a produs mari distrugeri şi aproape o mie de morţi plus câţi or mai fi sub dărâmături.

Iar în Grecia furtuna denumită Zorba s-a soldat, de asemenea, cu morţi şi mari pierderi. Eu mă cutremur numai văzând aceste fenomene.

Trăind în plin proces apocaliptic
Cu mari dezastre şi calamităţi
Umanitatea e un loc eliptic
De şanse şi de posibilităţi
Vedem cum omenirea se destramă
În ritm alert şi de nestăvilit
Şocându-ne sinistra panoramă
Cum rar în lume s-a mai pomenit.
În încercarea noastră disperată
Străpungem universul, ca şi când
Salvarea ne va fi asigurată
Dar nu se ştie unde, cum şi când.

♦♦♦

În dorinţa mea de a scoate un volumaş de poezii dedicat fiului meu Cătălin pentru aniversarea a cincizeci de ani de viaţă, după ce am încercat la editura Singur, fără succes, Ştefan Doru Dăncuş fiind internat într-un spital din Londra pentru tratament, am fost nevoit să apelez editura PIM din Iaşi. Mi-a răspuns Carmen Sevastru, căruia i-am trimis poeziile, datele biobliografice, un scurt C/V şi poza. Urmează să vedem cum vor evolua lucrurile.

♦♦♦

Pentru că de câteva luni mi-a apărut o zgaibă pe lobul urechii drepte, care nu se vindecă, doar face cruste, astăzi Cătălin m-a dus la Spitalul de oncologie Dr.Hociotă, unde m-a văzut un doctor şi mi-a fixat pe 22 octombrie, ziua când mă va opera. Trebuie să trec şi prin asta, aşa că în ziua respectivă, înarmat cu pijama şi papuci, mă voi prezenta la secţia de internare a spitalului. Doamne ajută !

♦♦♦

S.O.S ! HELAS ! AJUTOOOR !

De peste opt decenii rătăcesc pe apele învolburate ale lumii, timp în care lupta pentru supravieţuire a constituit prioritatea, ducând o luptă necurmată cu toate vicisitudinile, cu toţi monştrii şi morile de vânt întâlnite în cale, cu foamea, frigul şi frica, şi, nu mai puţin, cu prostia fudulă, cu ticăloşia şi aroganţa, cu incompetenţa crasă şi agresivă.

De peste opt decenii bătăliile purtate şi câştigate m-au menţinut în formă, mi-au dat încredere în mine şi în credinţa mea, mi-au oferit posibilitatea de a mă considera, cu suficient temei, un om printre oameni.

În tot acest periplu existenţial extrem de accidentat şi plin de primejdii, dragostea mea de viaţă, iubirea nestrămutată şi credinţa în ideal, mi-au dat posibilitatea să socializez, să stabilesc relaţii de prietenie confraterne cu scriitorii şi să realizez o parte din proiectele mele literare, fără nici un ajutor material, fără nicio sponzorizare, exclusiv cu propriile resurse acumulate cu greu din pensia mea de râsul curcilor.

Am reuşit, astfel, să-mi public cărţile, când la o editură, când la alta, doar pe baza prieteniei şi bunei colaborări dintre noi. Trebuie să-i numesc aici pe toţi editorii care mi-au îngăduit să mă bucur de micile mele reuşite.

La început a fost d-l Traian Tr. Cepoiu care mi-a editat prima carte de poezii „Spectrale" la editura „Scrisul Prahovean". Apoi, d-l Petre Isachi cu editura „Psihelp" din Bacău, d-l Constantin Lămureanu cu ed. „Nelinişti metafizice" din Constanţa, d-l Ştefan Doru Dăncuş cu ed. „Singur" din Târgovişte, şi d-l Gheorghe Stroia cu ed. „Armonii culturale"din Adjud. Tuturor le mulţumesc pentru gesturile făcute.

Din păcate, fie că o parte din edituri şi-au încetat activitatea, fie că pretind unele cerinţe tehnice cărora nu le pot face faţă, cert este că am senzaţia că mă scufund şi de aceea lansez acest strigăt de ajutor.

Înainte de a pleca în lumea celor drepţi, mai am şi eu câteva lucruri de făcut, câteva cărticele pe care nu ştiu cum să le mai realizez. Am încercat la toţi prietenii editori care mai sunt în viaţă, am încercat şi la Ed."PIM" din Iaşi, fără nici un rezultat.

Din această cauză sunt deprimat şi neîmpăcat, deoarece cărţuliile mele scrise sunt nevoite să rămână în portofoliu.

Iubiţii mei contemporani, fac apel la bună-voinţa, generozitatea şi spiritul vostru de solidaritate. Ajutaţi-mă să-mi văd cărţile tipărite, puţine, subţirele şi-n tiraje de râs-plâns. Simt cum, fără ajutorul vostru, corabia mi se scufundă.

Întindeţi-mi o mână de ajutor, să trec şi peste acest impas.

E imposibil ca gestul vostru confratern generos să rămână nerăsplătit de Pronia Divină.

Vă mulţumesc şi vă rămân îndatorat.

♦♦♦

În aşteptarea internării în spital, ce credeţi c-am făcut ? Am pus mâna pe Donchiada şi am trecut-o pe calculator, unde a fost cândva, dar din motive tehnice, că sunt neîntrecut la astea, dispăruse. Apoi, pe email, am trimis-o d-lui Alex. Cetăţeanu, în Montreal, şi d-lui Ştefan Doru Dăncuş, la Târgovişte. Primul mi-a răspuns, fiind impresionat, al doilea mi-a spus că a tipărit-o şi el, ceea ce e fals. I-am spus şi eu că e posibil să-mi fi publicat nişte pagini din vol.2 al Donchiadei.

Astăzi, după două zile şi jumătate de coşmar, după ce mi s-a tăiat urechea dreaptă în locul unde-mi apăruse o zgaibă care nu trecea, cu chiu, cu vai, am reuşit să mă externez şi să plec acasă.

Căldura din spital era să mă dea gata. Mai jos de 25-26 grade Celsius nu cobora. Din toate mesele servite zilnic, am catadicsit să gust o singură dată, puţin pilaf cu şi mai puţin ficat. Oribil, mâncarea nu avea nici un gust. În rest am răbdat din plin, mulţumindu-mă cu croasantele, Kefirul şi bananele aduse de Cătălin.

Tot ce-mi pare rău e faptul că, luând de bun răspunsul unui asistent tăntălău care mi-a spus că sunt liber să plec, l-am făcut să aştepte ore bune pe holuri pe Cătălin, pe care l-am chemat, în aşteptarea doctorului care întârzia.

Până la urmă am ajuns acasă cu bine, mulţumescu-I lui Dumnezeu. Acum trebuie să am grijă să-mi administrez medicamentele prescrise şi să merg câteva zile la rând la spital pentru control.

♦♦♦

Spuneţi-mi mie, vă rog, ce om sănătos la cap şi neslujind în mod habotnic vreo religie, şi-ar supune corpul la cazne, de bună voie şi nesilit de nimeni ?

Ei bine, eu tocmai asta fac de-un timp, aproape zilnic. Mă lupt cu sumedenia de frunze căzute în curte, pe care le mătur şi le strâng în saci pentru a fi luate de gunoieri. Sportul ăsta mă cam deşală şi la un moment dat sunt nevoit să renunţ.

Unul sau altul îmi veţi reproşa, desigur. Cine te pune, nene, la asemenea acte de bravură, la anii tăi ? Păi, dragilor, eu nu suport mizeria şi trebuie să mă implic, chiar de-ar fi să mă târăsc în genunchi.

♦♦♦

Azi-noapte un seism neinvitat
Trezindu-mă din somn, m-a-nspăimântat
Şi ore lungi n-am mai putut s-adorm
De teama unui alt seism enorm

♦♦♦

Cutremurul de 5,8 grade pe scara Richter s-a resimţit nu numai în Bucureşti şi-n toată ţara dar şi în alte ţări învecinate. Bine că n-au fost victime ! Doar nişte atacuri de panică.   .

♦♦♦

Văzând că Andu mă tot tapează de parai, pe care nu din zgârcenie îi dau cu ţârâita, ci pentru că nu dispun, şi constatând că-mi umblă şi prin portofelul lăsat pe un raft în bibliotecă şi se autoserveşte dacă găseşte, bibilica mi-a dictat o poezie moralizatoare pe care am avut nefericita inspiraţie să i-o trimit prin email şi lui Cătălin, tocmai când se afla la un botez.

Seara târziu când a venit acasă nu vă mai spun ce era la gura lui. Luase foc că i-am stricat tot cheful, exact cum eu nu doream să se întâmple. Am înghiţit în tăcere papara. Nu avea nici un rost să continui discuţia.

Dimineaţa, când ne-am trezit după cutremur, am servit normal micul dejun iar Gabi, în rolul de asistentă, mi-a bandajat urechea operată.

♦♦♦

Cutremurul a avut două replici de 3,2 grade Richter. Panicaţii se tem că va urma acela mare şi distrugător. Suntem prea mici, să ne pronunţăm. Cum va fi voia Domnului !

Voi nu ştiţi ce vreau să capăt, când întreg mă dăruiesc !
Cum o dai, n-ajungi la capăt pe pământul românesc.
Voi, pierzându-vă-n detalii, nu mai ştiţi ce-i un întreg !
Cum o dai, se iscă falii, ca să nu mai înţeleg.
Cum vreţi voi s-aveţi dreptate dacă, orbi, vă-ncăieraţi ?
Dom`le, numai cine bate, are şanse în Carpaţi.
Văd că mă strofoc degeaba, n-am cum să mă scot cu voi !
Uite, dom`le, cum stă treaba, lasă-te de gongi cu noi .

Doamne, nu pot să cred! Acesta să fie Donchi Cel Înaripat, Cel Mai Cel Înamorat ? Cât de înduioşător poate fi! Cât de neajutorat şi nevolnic se prezintă ! Cine l-ar mai putea recunoaşte în ipostaza asta spectrală ? Epuizat, stors de vlagă, în veşnică şi acută criză de inspiraţie, bate câmpii aiurea, şleampăt şi caraghios cât cuprinde.

Ferit-a Sfântul să te apropii de el şi să-l tragi de mânecă, să-l atenţionezi, că ţi-ai semnat sentinţa ! Catârul te va lovi cu copita, de n-ai să vezi unde te mai trezeşti.

Acest specimen, cu totul atipic, nu stă în loc pentru nimeni, n-aude, nu vede, merge otova înainte, de parcă ar fi atras de o forţă invizibilă. Mi-e milă de el, sărmanul !

♦♦♦

Deşi ultima zi de octombrie, ieri a fost o zi de vară splendidă, nemaipomenită. La noi, căci în alte ţări europene a fost prăpăd, cu furtuni, ploi şi inundaţii apocaliptice, cu morţi şi mari distrugeri materiale.

M-am bucurat şi eu cât am putut. M-am întreţinut la telefon cu toţi apropiaţii mei, inclusiv cu Vrăbiuţa, vai de bătrâneţile ei, mi-am făcut de lucru cu te miri ce, numai să stau afară, mi-am spălat gulerul de la o geacă pe care urma s-o duc la spălătorie şi am mai adunat frunze căzute din pomi şi le-am pus în saci pentru gunoieri.

Din veacul şi mileniul trecut
Sparg monştrii care vor să mă răpună
Cu fiecare salt spre absolut
Cu fiecare vis ce se-ncunună.
Din veacul şi mileniul trecut
Asist la monstruoasa mascaradă
Şi lupt acerb, şi nu mă dau bătut
Când ştiu că hidra trebuie să cadă
Cu „Donchiada" mi-am glorificat
Atâtea bătălii revendicate
Şi tot cu ea voi merge ne-nfricat
Până la capăt, pentru libertate.

♦♦♦

Sunt zile când studintele din Dej rămâne-acasă, ore neavând, iar eu mă răsucesc precum un vrej secătuit de secetă, bolând.

Se zguduie imobilul pătruns de forţa decibelilor lansaţi. Lui Andu nu îi sunt îndeajuns emisiile cu mai ponderaţi.

Mă fofilez pe şest şi îi reduc cât suportaţi să fie de auz dar Andu, furios ca un haiduc, mi-anihilează jalnicul abuz.

Şi totul se cutremură-mprejur de pocnetul sonorului lansat iar eu sunt condamnat doar să înjur şi să îndur calvarul blestemat.

♦♦♦

Nu reuşesc cu nici un chip să prind o editură, pentru a scoate un volumaş de poezii mai vechi, pe care să-l dedic lui Cătălin cu prilejul aniversării unui semicentenar. Sunt extrem de amărât şi sictirit. Nu credeam că mi se va întâmpla aşa ceva vreodată.

♦♦♦

Când, zilele trecute am vorbit cu puţinii mei apropiaţi la telefon am omis-o pe verişoară-mea Fănica(Ştefania), decanul nostru de vârstă, care, nu de mult, a împlinit optzeci şi şase de ani. Ştiu că are de suferit din cauza tăntălăului cu care locuieşte în aceeaşi casă şi se poartă necuviincios cu ea.

M-am gândit că nu se cade ca tocmai pe ea s-o ignor şi, concepând nişte versuri, i-am şi dat telefon şi i le-am citit, clar şi răspicat, să mă înţeleagă. Bătrânica s-a bucurat mult şi am schimbat şi câteva impresii.

Iată ce i-am scris şi citit cu voce tare.

Bucură-te, Ştefania, că la vârsta ta încă trăieşti
Bucură-te că ai fete care ţin atât la tine
Bucură-te că şi-acum mai primeşti atâtea veşti
Bucură-te că don Pedro, când şi când, în joc revine
Bucură-te că atâtea încercări nu te-au răpus
Bucură-te că faci faţă cu succes atâtor hibe
Bucură-te că credinţa îţi rămâne mai presus
De măruntele mizerii care pot să te inhibe
Bucură-te, surioară, c-ai ajuns până aici
Pentru că Cel Bun şi Mare e îndurător cu tine

Bucură-te că, hrănită cu legume şi urzici,
Te prezinţi atât de bine şi te întreţii cu mine !

Am întrebat-o dacă vrea să i le recitesc dar şi-a
cerut scuze, exprimându-şi dorinţa de a merge în curte,
aceasta însemnând că trebuie să se ducă la WC-ul din
curte. Ne-am luat la revedere, nu se ştie dacă mai
având şi alte ocazii de a discuta.

◆◆◆

la ghiciţi cine m-a căutat la telefon ? Ei, cine,
Doru Zorba, fratele meu din Rm.Vâlcea. I s-a făcut dor
de mine, m-a căutat şi m-a găsit.

Surpriza a fost mare. Ne-am amintit de trecutul
nostru glorios, de vinul roze băut de la dom profesor
Ştefănescu, de faptul că am rămas atât de puţini şi,
totuşi, nu avem motive să abandonăm lupta. Mi-a cerut
şi încuviinţarea ca să fiu de acord să primesc telefon de
câte ori şi-aduce aminte şi-i e dor de mine. Cu
asemenea prieteni Donchi e în stare să meargă până-n
pânzele albe.

Cum stelele pe cer se împreună
În constelaţii şi în galaxii
La fel Tridor, e forma cea mai bună
A unui straşnic grup de trei gagii.

Toţi trei sunt vrednici combatanţi de rasă
Acţionând cu stil, eficient
Şi, orice-ar fi, niciunul nu se lasă
De-ascensiunea lui în transcendent.

◆◆◆

Ce regal superb ne-a oferit TVR2 cu emisiunea
„Destine ca-n filme" ! Iuliana Marciuc a fost la înălţime
cu cazurile speciale prezentate.

În prima parte, o fătucă suferind de SIDA şi-a
relatat, netimorată şi neinhibată, povestea propriei vieţi

131

marcate de virusul HIV, poveste în care părinţii au avut un rol covârşitor, nedezvăluindu-i fetei boala de care suferea şi protejând-o până la vârsta de 18 ani, când a aflat şi a trecut prin momente extrem de grele, rupând orice relaţie şi izolându-se. Ca mai apoi să dea norocul peste ea şi să ajungă în Spania, unde a trăit ca în sânul propriei familii, datorită fetei cu care se împrietenise şi-i era ca o soră. Cazul prezentat a pus în discuţie problema acestei boli în România, unde au murit foarte mulţi copii afectaţi de această boală, datorită sistemului anchilozat şi incapabil să acţioneze în slujba celor defavorizaţi de soartă.

Până la urmă fata intervievată, care n-a vrut să-şi dezvăluie identitatea, ducând o viaţă normală şi respectând rigorile medicale impuse, s-a calificat şi lucrează în postura de coafeză, având şi un prieten înţelegător şi cooperant cu care locuieşte şi intenţionează să se căsătorească.

Al doilea caz, care m-a dat pe spate, a fost prezentarea tenorului român cu renume şi activitate universală, Toader Ilincăi, un tânăr provenit dintr-o familie moldavă cu 13 copii, el fiind cel mai mic, şi care a cântat pe mai toate scenele importante ale lumii, cu artişti vestiţi şi alături de marea noastră soprană Angela Gheorghiu.

A fost o încântare să-i ascult pe amândoi invitaţii. De astfel de oameni avem nevoie.

◆◆◆

După ce m-am cam lămurit cum stau lucrurile cu Ruxandra Cesereanu, în urma căutărilor pe internet, astăzi m-am edificat şi în privinţa poeziei scrise de Ioana Greceanu care, cu părere de rău că n-am reţinut numele, a beneficiat de o analiză aplicată şi laborioasă, cu multe citate din versurile sale.

Ce bine e să fii poetesă în ţărişoara mea ! Dacă mai eşti şi tânără, frumoasă şi ochioasă, în mod sigur te-ai scos. Craii împăunaţi care dispun de oficiile cuvântului nu pot rămâne insensibili şi sunt în stare de orice făcătură pretenţioasă, doar să le iasă pasenţa. Nu bag mâna în foc, dar am libertatea să mă exprim, nefiind o crimă.

Să nu vorbesc cu păcat, poate că ambele mai sus numite îşi merită şi numele şi comentariile elogioase. Poate ! Dar nu pot ignora faptul că sexul e atuul lor. Rămâne de văzut care va fi imaginea lor peste o jumătate de veac. Să nu mai spun un veac. Eu, iată, ajunsei la optzeci şi trei de ani şi nimeni nu se învredniceşte să-mi analizeze poezia, de parcă aş fi ciumat. Iar cine a făcut-o, m-a prezentat a legere ca pe-un bătrânel pensionar dedat jocului liric. Aşa să fie ? După comentariile acestuia ar trebui să mă spânzur, ceea ce nu pot face, pentru că mă doare direct şi exact în cur, vorba vine, de aprecierile unora sau altora care nu mă cunosc. Poezia e o treabă mult prea serioasă şi gravă, pentru a fi terfelită de orice neica nimeni.

◆◆◆

Constat, în urma lecturilor de prin reviste online, că oameni extrem de controversaţi, cu o imagine deloc favorabilă, sunt puşi alături sau împreună cu figuri memorabile şi reprezentative.

Acest fapt mă dezamăgeşte şi-mi lasă un gust amar, ducându-mă la cele mai pesimiste concluzii.

Tot ce se ţese şi se întreţese
În lumea asta plină de păcate
Depinde exclusiv de interese
Şi nu de idealuri aspirate
Ce se realizează într-o parte
Apar tendinţe care doar destramă

133

Şi astfel unitatea se desparte
Iar comedia se transformă-n dramă
Ce armonie poate să mai fie
Acolo unde forţele se-nfruntă
Pe viaţă şi pe moarte,-n duşmănie,
Pe cine să mai vezi venind la nuntă ?
Toată povestea asta mă deprimă
Şi-mi perverteşte-ntreaga perspectivă
Realizând că viaţa, de-i sublimă,
Acceptă şi bomboana pe colivă.

N-am să mă împac în vecii vecilor cu situarea unui Nicolae Dragoş-Răcănel printre marii noştri psalmişti, sau cu asocierea unui Corneliu Vadim Tudor cu poeţii de valoare ai acestei naţii. Consider că se comite o adevărată blasfemie, impardonabilă şi reprobabilă.

Astfel, oricât ne-am da noi de ceasul morţii să instaurăm o atmosferă de toleranţă şi colocvialitate, nu există nicio şansă în faţa demonilor justiţiari excelând în păcătoşenie. Lumea e aşa cum este şi ca dânsa suntem noi. Cine a mai spus asta ?

♦♦♦

PASTILA DE CAZ

Îl urmăresc pe stimabilul şi simpaticul scriitor Radu Paraschivescu cu câtă plăcere, siguranţă şi umor îşi susţine „Pastila de limbă", ca demn slujitor al limbii române. Nu ştiu câtă lume se bucură de oficiile lui, câţi congeneri sunt interesaţi de cunoaşterea şi scrierea corectă în limba noastră, dar meritul lui incontestabil constă în faptul că el face această emisiune ca un specialist, cu profesionalism şi vervă, fără a-şi face probleme de acest soi. Importantă rămâne implicarea lui în acest fenomen, cu graţie şi responsabilitate.

Stimulat de această pastilă, m-am gândit că şi eu aş putea fi iniţiatorul unei „pastile de caz" Sunt mai mult decât sigur că ar fi un subiect gras, ca o vacă tocmai bună de muls. Aşa stând lucrurile, m-am luat în discuţie chiar pe mine, constituind un caz aparte, demn de analizat şi de tras concluzii.

Pornind de la premiza că, odată întrat în vizorul Securităţii sau Poliţiei Politice şi devenind un caz demn de urmărit, sentinţa ţi-a fost semnată şi destinul programat, nenumărate au fost zilele şi nopţile mele de insomnie dedicate acestui subiect, având în vedere păţania mea şi consecinţele-i dramatice.

Chiar dacă am mai scris despre acest subiect, încercând să clarific lucrurile, consider că nu e gratuită revenirea la el, cu noi şi inedite explicaţii lămuritoare.

Securitatea mi-a parafat destinul încă din tinereţea universitară când mi-a înscenat un proces de tot rahatul, agăţându-mă în cârlig cu o scrisoare închisă în plic, trimisă unui coleg de liceu şi de facultate, prieten care a locuit cu mine atât prin cămine cât şi în casa părintească. Am fost nevoit să cunosc rigorile beciurilor Securităţii, ale temniţei de la Văcăreşti şi ale coloniei penitenciare de la Popeşti-Leordeni, pentru simplul fapt că scrisoarea-urmărită şi ridicată de organul de poliţie-a devenit capul de acuzare al acestei tărăşenii mârşave, pusă la cale de organele represive şi executată întocmai de Tribunalele sistemului în care judecătorii tremurau de frică pentru pâinea lor iar securiştii erau în stare de orice infamie, numai să-şi justifice existenţa.

Astfel că am încheiat-o cu studiile cum nu se putea mai prost, ba am mai şi prestat muncă necalificată pe un şantier, pentru a fi reprimit în facultate, totul soldându-se cu un fiasco total şi extrem de dureros.

Se pune întrebarea. Cum de alţi congeneri aflaţi în situaţii similare, poate mult mai grave, au reuşit totuşi să-şi urmeze calea, să termine nişte studii şi să trăiască în comunism ca nişte oameni împliniţi iar pârlitul de mine am fost nevoit să supravieţuiesc ca ultimul amărăştean, lucrând în sistem, ca un sclav, vreme de treizeci şi şapte de ani.

Ei bine, e musai să fie reţinut faptul că sordida întâmplare m-a afectat pe viaţă, o spaimă de moarte paralizându-mi existenţa, astfel încât trebuia să execut totul fără să crâcnesc, fără să fac vreun pas greşit.

Deşi cunoşteam din lecturi problemele din gulag, din universurile concentraţionare şi din temniţele pentru deţinuţi politic, deşi mi-erau familiare strategiile pentru înfruntarea sistemului şi eroismul atâtor condamnaţi ai sorţii, eu eram conştient de faptul că sunt absolut singur, că nu am pe nimeni apropiat care să mă susţină şi să mă ajute la nevoie, realizam că nu am nicio şansă pentru a izbuti, iar viaţa mea decurgea într-un regim de exil interior, fadă şi stereotipă, lipsită de orice perspectivă şi bucurie. Şi, totuşi, în aceste condiţii mizerabile de existenţă subterană la propriu, am reuşit în decurs de vreo trei decenii să public poezie la mai toate revistele importante ale ţării, cheltuind în disperare pe hârtie, timbre şi plicuri, din salariul meu de cacao. Ca apoi, după evenimentele din decembrie 1989, tot pe banii din pensia mea de rahat, să editez douăzeci şi opt de cărţulii în care mi-am mărturisit avatarurile vieţii.

A fost singurul meu mod de a demonstra că exist şi nu sunt învins. Că, parafrazând, nu mor caii când vor câinii.

◆◆◆

Nepoata mea Manuela Samargiu mi-a citit ultimele poezii trimise rev.Singur şi a ţinut să mă flateze afirmând că am o minte sclipitoare. I-am spus, cum era şi cazul, că exagerează, dând glas sângelui În continuare vreau să pedalez pe acest subiect.

Oricâte satisfacţii am avea
Dac-am purta pe frunte nu o stea
O galaxie cu un cer sublim
Noi am rămâne tot neîmpăcaţi
Atâta vreme cât trăind, murim.
Şi-oricât am vrea să fim de consolaţi
Că altfel nu e chip, nu s-ar putea
Acesta-i oful nostru unanim

◆◆◆

Cum, chiar de azi începând, sunt prognozate câteva zile polare iar noi avem în curte câteva cuiburi de ardei iuţi, puse târziu şi abia acum înflorind şi începând să rodească, m-am ambiţionat şi am recuperat un cuib, pe care l-am instalat în bârlogul meu, la fereastră. Lângă el am sădit şi o floare de piatră aflată în primejdie, sperând să-şi revină. E plăcerea mea şi aştept să văd urmările.

Lea, pisica noastră albă şi răsfăţată, a dat o raită pe afară şi a intrat în casă odată cu mine, din proprie iniţiativă. Sigur că e mai indicat să stai la căldurică. S-a dus şi s-a instalat direct la locul ei de pe fotoliu.

◆◆◆

Am aflat că astăzi scriitorul Mircea Cărtărescu va primi Premiul „Thomas Mann" în Germania. Al câtelea va fi fiind din palmaresul lui ?

Pe canalul TV2, la emisiunea „Cooltura" prezentată de moderatoarea Elena Nagâţ, Cărtărescu se întreţinea cu scriitorul bulgar Ivan Stankov, traducătorul său în limba bulgară, căruia i s-a tradus în limba noastră cartea „Amintiri despre apă.Re minor", care face parte dintr-o trilogie. Născut şi crescut pe malul drept al

Dunării, scriitorul bulgar îşi prezintă cu tandreţe, nostalgie şi talent amintirile din copilărie, în care apa este prezenţa dominantă.

Deci, să închei acest scurt subiect, trebuie să mă refer la obsesia mea privind neisprăvenia, care, după cum se vede, e cât se poate de reală.

În timp ce Mircea Cărtărescu e tradus din ce în ce mai masiv în limbi străine şi primeşte distincţii după distincţii, stimabilul care sunt, mă perpelesc, căutând să văd dacă ultimele poezii mi-au fost publicate într-o revistă online sau alta şi sufăr, neconsolat, în tăcere, când văd că n-am fost onorat.

În timp ce imaginea scriitorilor cunoscuţi şi recunoscuţi e tot mai pregnantă şi ocupă un spaţiu tot mai larg, neisprăvitul care sunt mă chircesc şi usuc pe zi ce trece, lipsit de posibilităţi şi de minime satisfacţii în domeniu.

Tot în nota celor spuse mai sus menţionez faptul că Radu Paraschivescu a prezentat în pastila lui romanul „Transparenţa" scris de poetul Tudor Vancu, apărut la editura „Humanitas" şi lansat la „Târgul de carte Gaudeamus" din Pavilionul Expoziţiei din Bucureşti.

Se pune problema să acuz pe cineva, fără a mă face de cacao ? Am eu căderea şi motivaţia să fac chirurgie literară, pentru a-mi justifica neîmplinirile ? Şi, în ultimă instanţă, mergând cu analiza până la capăt, nu e firească întrebarea nepoftită, care nu-mi dă pace, dacă sunt sau nu scriitor ?

◆◆◆

Donchi e un personaj fabulos şi incredibil..

Rotund ca o sferă perfectă, orice-ai face, n-ai de unde să-l apuci. Astfel că, rotund fiind, conţine maximum de virtuţi şi energie creatoare într-un spaţiu minim.

Am avut prilejul să-l cunosc îndeaproape sau, mă rog, impresia că-l cunosc. Existenţa lui se desfăşoară într-un cadru atât de amplu şi variat, pe atâtea coordonate şi în atâtea ipostaze, încât ar fi o simplă iluzie să crezi că-l cunoşti.

Tocmai când eşti dispus să-l taxezi drept un caz patologic, pierdut pentru umanitate, îţi serveşte o lecţie de integritate şi luciditate care te interzice.

În momentul în care crezi că l-ai surprins într-o stare de plâns irecuperabilă, te izbeşte frontal cu o mostră de entuziasm şi optimism molipsitor, de cazi, pur şi simplu, pe spate.

Ai tot mai multe motive să crezi că e un exemplar tipic de egoism histrionic, imediat îţi face o paradă zdrobitoare de empatie şi altruism.

Mergi până acolo încât nu te fereşti să-l consideri un dezaxat iresponsabil şi periculos, bibicul te reduce la tăcere cu o probă de eroism şi sacrificiu irefutabilă.

Din orice punct ai acţiona, cu orice perspectivă, individul nostru te surprinde cu reacţiile şi acţiunile sale care te fac să-ţi fie ruşine de tine.

Am citit şi eu rândurile de mai sus privind problematica sa de scriitor, atât de prăpăstioasă, şi nu m-a surprins cu nimic, fiind exact în stilul lui, imposibil de caracterizat.

Mister Donchi, orice s-ar zice şi orice s-ar face, rămâne un mister de nepătruns. Cât se poate de real şi impunător, cât se poate de şarmant şi antipatic deopotrivă. Un personaj fabulos, în faţa căruia n-am argumente contrare, pentru a-l desfiinţa sau respinge, un adevărat şi magnific monstru sacru al existenţei umane, în toată complexa şi irefutabila-i splendoare.

Aşa că, să-mi fie cu iertare, n-avem ce face, mergem cu el înainte, spre victoria supremă sau spre dezastrul final. Nimeni nu poate prevedea sau şti. Aici e tot şpilul miracolului.

♦♦♦

Câtă parşivenie ne poate caracteriza, cât de flexibili şi schimbători precum trestia în bătaia vântului putem fi ! Nu ne convine să ni se amintească acest lucru, atât de adevărat şi de grav, dar iată că, din când în când măcar, apar semne de trezie şi curaj pentru a ne salva imaginea.

Am primit de la nepoata mea din Constanţa, doctor biolog Manuela Samargiu, un material despre viaţa şi opera marelui nostru scriitor Panait Istrati, în care câţiva cercetători şi oameni de litere ca Zamfir Bălan, Oana Ursache, George Banu şi consul Silviu Popescu se pronunţă, în ideea de a-l recupera şi repune în drepturile sale pe marele nostru compatriot care, după experienţe atât de diverse şi dureroase, n-a mai aderat la nimic, rămânând liber ca pasărea cerului, nedepinzând de nimeni şi de nimic.

Este trist, ruşinos şi inadmisibil ce se petrece cu acest ilustru reprezentant al spiritului românesc care a suferit atât şi a plătit cu viaţa pentru ideile sale ! Faptul că la noi rămâne atât de puţin mediatizat, în timp ce pe alte meridiane este preţuit la adevărata lui valoare, e un mister legat direct de mentalitatea noastră atât de flexibilă şi păguboasă. Dacă ar fi singurul gratulat cu acest tratament, aş mai înţelege, dar aşa se petrec lucrurile cu toţi marii noştri oameni de spirit din toate domeniile. Ceea ce mă duce la concluzia deloc favorabilă că suntem un popor ciudat şi oportunist, oricând dispus să schimbăm macazul când găsim că aşa e oportun. Explicabil dar nu ştiu cât de justificabil. Faptul că ne aflăm la răscruce de vânturi, înconjuraţi de naţiuni prea puţin prietene, mai mari şi mai puternice, nu ştiu cât ne ajută să-l prezentăm ca pe-o veşnică marotă salvatoare.

Istoria ne prezintă şi fapte de curaj şi de glorie excepţionale, de ce n-om învăţa şi noi lecţia ? De ce-om rămâne atât de suspicioşi în faţa străinilor ? De ce n-am fi şi noi curajoşi şi neînfricaţi, cu o coloană vertebrală care să ne menţină verticali, cu o imagine clară şi luminoasă ? Mă doare sufletul de parcă aş fi primit o lovitură de graţie direct în plexul solar.

♦♦♦

Nu ştiu ce mi-o fi venit acum câteva zile de i-am dat telefon fostei colege de serviciu la „Semănătoarea", Daniela Petrescu, mai tânără decât mine cu vreo doisprezece ani.

Ei bine, fătuca a şi stabilit să ne întâlnim cu Mariana Florea, fapt ce s-a şi întâmplat chiar astăzi. Ne-am întreţinut peste trei ore în salonul localului „Gerard" din Piaţa Chibrit, unde am depănat amintiri din trecutul nostru comun la „Semănătoarea" şi alte aiureli, am servit câte-o cafeluţă iar ele au şi mâncat câte-o ciorbă de burtă. Eu m-am abţinut, întrucât în noaptea precedentă am avut crampe şi o pântecăraie rebelă, de care credeam că n-o să mai scap.

De mai multă vreme, de acum câţiva ani când m-am operat la picior, mă tot bântuie gândul că s-ar putea să am un cancer de piele. Neliniştea mea a devenit un fapt cert, în urma biopsiei unei zgaibe de pe lobul superior al urechii drepte. Cătălin mi-a adus rezultatul nedorit în urma căruia va trebui să mergem la doctorul dermatolog, la care am mai fost, pentru noi investigaţii şi tratament.

Iată că nici eu nu sunt scutit de asemenea belele, cărora va trebui să le fac faţă cu curaj şi demnitate. Că doar n-o să mă sinucid, cum am încercat la douăzeci de ani în pădurea de pe Argeş şi mi-a apărut instant un cal alb, mustrător, la doar câţiva paşi de locul unde-mi legasem cureaua de o creangă, şi eram deja pe punctul de a mă strangula.

♦♦♦

Ce credeţi că a făcut fosta mea colegă de serviciu Maria(na) Florea, după ce ne-am despărţit de la localul „Gerard" ? S-a dus frumuşel acasă şi mi-a citit integral volumul „Ambitus", ca, după aceea, să mă trezesc că-mi dă telefon să-mi spună că i-a plăcut şi să mă felicite. Am obligat-o eu să facă asta ? Nuuu! Păi atunci, despre ce vorbim ? Înseamnă că biata mea cărţulie şi-a atins scopul şi că opiniile mele, atât de defavorabile, privind imaginea mea de scriitor nu se susţin. Înseamnă că încă mai sunt speranţe şi nu e cazul să mă sinucid nici pentru faptul că m-am pricopsit cu un cancer de piele. Sper ca până să-şi facă el damblaua, ciclul meu existenţial să se încheie şi să părăsesc această lume cu zâmbetul pe buze.Tot azi am primit şi proiectul rev. „Dobrogea culturală", redactorul ei şef Alexandru Birou rugându-mă să văd dacă poeziile publicate pe numele meu îmi aparţin şi dacă sunt greşeli de redactare. I-am răspuns cu mulţumiri şi i-am prezentat şi sugestiile mele. Poeziile fac parte din vol. „Liricunde-Vise, Visuri şi Visări" care conţin poezii din caietul 43 şi 44 Cum şi rev. „Singur" continuă să-mi publice textele trimise, nu văd de ce-ar trebui să mă strofoşesc atât şi să nu continui să creez cu entuziasm şi speranţă. O-le !

♦♦♦

Ne aflăm în proximitatea zilei de 1 Decembrie, când toată suflarea românească va sărbători o sută de ani de la înfăptuirea Marii Uniri. Modul cum e întâmpinată această zi istorică, atât de jalnic şi triumfalist, atât de ridicol şi strălucitor, atât de real şi neverosimil, mă siderează şi mă determină să scriu asemenea versuri deprimante.

E o ruşine cum eşti tu cântată
De toţi neghiobii care te-au trădat
Când ai fost ruptă, colectivizată
Şi scufundată-n propriul rahat
E o ruşine-această mascaradă
Cu-atât tam-tam parşiv şi deşănţat
Când rânduieli şi ziduri stau să cadă
Şi criminalii-s liberi la dansat
E o ruşine, vai, e o ruşine
Că muşchii ne-arătăm înfumuraţi
Şi nimeni înapoi nu mai revine
Din cei ce au plecat dintre Carpaţi
Vom retrăi cu toţi, întreaga ţară
Acelaşi circ ce s-a mai întâmplat
În timp ce-atâta lume va să piară
De modul nostru parcă blestemat
♦♦♦

Când m-am trezit şi m-am uitat pe fereastră, am rămas ca la dentist.
A venit din nou Bălana
Din Sighet pân-la Comana
Să ne facă viaţa-amară
Cu regimul din cămară
A venit, bătu-o-ar focul
Ca să-mi pun din nou cojocul
Când m-aventurez pe-afară
Şi genunchii să mă doară
Cutra asta-i prea parşivă
Să-mi mai placă, dimpotrivă
Nedorita mă obligă
Să o pun de mămăligă
În bârlogul ce-mi displace
Că-i prea strâmt, dar n-am ce face
Ala-bala, cu Bălana

Mi se face de Nirvana.

♦♦♦

Ei, fir-ar ! Poftim de vezi şi tu, drace ! Tocmai când îmi luasem gândul de la tărăşenia cu urechea din care mi-a luat probă pentru biopsie şi mi s-a dat şi rezultatul, care nu părea să fie atât de problematic, vine acum Cătălin să-mi spună că va trebui să mergem la spital pentru operaţie. Nu mai înţeleg nimic iar vestea m-a dat pe spate.

Fătul meu, grijuliu şi împăciuitor, îmi spune că vom aştepta să treacă sărbătorile şi abia după aceea ne vom ocupa de chestiune. Care chestiune nu-mi place, să mă tai.

Aseară, pe canalul Realitatea.T.V., moderatorul Rareş Bogdan, revenit pe post, se întreţinea cu criticul Alex Ştefănescu, care vorbea despre toate şi despre nimic. Şi se depăşea pe sine în gudurări, autoaprecieri şi calambururi.

Faptul că m-a desfiinţat în cartea lui „Cum te poţi rata ca scriitor", la un loc cu o mulţime de ciocoflenderi ispitiţi de demonul creaţiei şi afirmării, m-a afectat şi nu se poate uita atât de uşor. Pentru că stimabilul nu şi-a onorat statutul de critic ci a extras din volum un singur sonet, care i-a îngăduit să taie şi să spânzure, pentru a-i ieşi pasenţa, recte cărţoiul cu pricina.

Dar, iată ce chestie, pentru că i-a luat în tarbac pe ticăloşii de politicieni cu acţiunile lor nefaste pentru ţară şi pentru că şi-a dedicat câţiva ani studierii operei lui Eminescu şi analizei, poem cu poem, într-o carte, sunt dispus să-i trec cu vederea excesul de zel atât de neinspirat şi să-i acord circumstanţe atenuante

Bucovineanul nostru lugojean a ştiut cum să se învârtească, pe cine să şi-l facă aliat, şi cum să mitralieze din toate poziţiile, ca un veritabil oportunist, pentru ca, în final, lucrurile să se încheie cu o chiverniseală şi o imagine demne de invidiat.

◆◆◆

În existenţa mea cotidiană, atât de monotonă şi stereotipă, apar şi momente de excepţie care mă siderează şi mă învigorează şi mă motivează să ţin cu dinţii de viaţă.

Aşa s-a întâmplat cu emisiunile ProTV, unde au fost prezentate cazuri emblematice de tineri excepţionali, care s-au realizat la cote maxime şi fac cinste ţării şi umanităţii.

Printre alţii, se află Sebastian Dobrincu, care de la vârsta de 19 ani lucrează în SUA ca CEO şi fondator al Storyheap, un tânăr eminent, un exemplu demn de urmat.

Alt caz extraordinar e reprezentat de Ingrid Cotoros care a lucrat la Institutul de la Măgurele, după. care a emigrat şi a lucrat în armata americană ca director GoPro, fiind apreciată de toţi colegii ei cercetători din toată lumea.

Şi al treilea caz, dar nu şi ultimul, e reprezentat de tânăra balerină de numai 20 de ani, Francesca Velicu, care îşi exercită talentul pe toate scenele mari ale lumii.

E fantastic şi entuziasmant cum talentul, susţinut de munca tenace şi credinţa neabătută în ideal, poate face asemenea minuni

Nu trebuie omis nici exemplul primei soliste de operă, frumoasa divă Angela Gheorghiu, admirată pe toate scenele mari de pe tot mapamondul.

Toţi aceşti eroi s-au realizat în afara hotarelor ţării, unde au avut posibilităţi de dezvoltare, au fost susţinuţi de instituţiile statului şi li se recunosc valoarea şi meritele.

Astăzi am revăzut filmul „Toamnă la New York"
cu talentaţii actori Richard Gere şi Winona Rider, care
mi-a stors lacrimi.
Şi, uite-aşa, mai cu una, mai cu alta, îmi ies din
ritmul lent şi mortal, şi mă bucur de viaţă.
♦♦♦
Cu fraze lungi, sălcii şi-ncârligate
Nu poţi să(degeaba) te consideri prozator
E absolut stupid şi au dreptate
Neisprăviţii care nu te vor.
Cu propoziţii scurte şi banale
E altceva, limbajul nimerit
L-am întâlnit şi eu la Caragiale
Şi alţi fantastici ce s-au împlinit
De vrei să fii credibil şi-autentic
Nu te sfii cu un limbaj oral
Chiar trunchiat, abreviat, excentric
C-aşa e viaţa şi e natural
A regreta c-am încălcat o lege
Subînţeleasă este prea târziu
Rămâne să vedem ce s-o alege
Din toată epopeea ce o scriu.
Şi-i evident că nimeni nu ne-ntrece
Când cu părerea stăm chiar excelent
Mai trist e când rămâi la toate rece
În cazul creatorului(prozatorului) absent.

♦♦♦
Poezeaua de mai sus mi-a fost sugerată de
cartea „Cele mai tâmpite momente" a lui Mircea
Daneliuc, cumpărată de mine de la Librăria din Piaţa
Chibrit.
Grijuliu şi atent cu mine, Cătălin a programat o
consultare la Centrul Medical Provita de pe
str,Alexandrina nr.20-22, sector 1, la dr. Cristian Ioniţă,

146

care mi-a făcut operaţia la urechea dreaptă, pentru a se lămuri dacă a rejectat tot locul afectat sau a luat doar o probă pentru biopsie.

Stimabilul doctor mi-a controlat urechea şi s-a arătat încântat de modul cum s-a vindecat, precizând că la operaţie a rejectat toată porţiunea afectată. Pentru siguranţă am stabilit să facem vizite pentru control din trei în trei luni. Probabil că aşa vom face.

Am văzut la televizor ravagiile produse de fenomenele extreme în diferite ţări ale globului şi m-am cutremurat. Nu se poate nega că trăim vremuri speciale, putându-ne aştepta la orice surpriză.

◆◆◆

Tocmai eram pe punctul de a sfârşi cu transcrierea ultimei poezii în volumul manuscris „Poeme Boeme", când apare Cătălin în cadrul uşii să-mi spună că pleacă puţin la cumpărături şi să mă roage să strâng rufele uscate, ca să le pun la uscat pe cele ude. I-am răspuns pozitiv, după care am trecut la treabă.

M-am înhăiburat, am luat un lighean plin cu rufele spălate şi am întins-o la şopronul din fundul curţii. Am strâns toate rufele uscate de pe sârmă, după care le-am pus la uscat pe cele ude. Operaţiunea mi-a luat ceva timp, că am început să dârdâi.

Intrat în casă, am luat gunoiul din baie şi din bârlog şi l-am dus la pubelă.

Am dat-o, apoi, pe lectură. Volumul lui Mircea Daneliuc aştepta pe colţul mesei. Am mai citit două povestiri şi, Cătălin, venit de la cumpărături, m-a chemat să-l ajut. M-am executat mintenaş.

Ce vreau să spun e faptul că gagiul scrie ca şi cum ar vorbi, cu propoziţii scurte şi hazoase, încărcate de-un statornic sictir şi-o veşnică amărăciune şi pigmentate cu expresii şi injurii în cea mai autentică limbă românească, fapt care mă face cu totul invidios.

Mă şi întreb, derutat şi mofluz la culme, de ce eu n-oi fi fost în stare să scriu atât de alert şi atractiv, de ce am lălăit-o atâta vreme cu nişte însemnări atât de plate şi plicticoase ? De ce continui să nu-mi respect statutul pe care am doar impresia că-l am ? De ce, cu fiecare rând şi cu fiecare frază, nu fac altceva decât să mă distanţez de scopul proiectului meu ?.Care proiect nu ştiu cât de real este şi nici când s-a născut. Hai că aici ne afundăm în ceţurile unei dileme inextricabile, imposibil de dezlegat !

Adică, de ce să nu te minunezi când, umblând după aur şi crezând că l-ai găsit, te scufunzi într-o grămadă de rahat şi viceversa ?

◆◆◆

Iubiţi contemporani, cum să vă spun, nea Daneliuc e de un haz nebun şi-o sfântă indignare şi-un sictir cum, poate, doar în lumea lui Shakespeare. Atât de mult să mă fi rătutit, încât să cad pe spate c-am citit o cărţulie scrisă la mişto ? Exclus, vă garantez, v-aş da cu huooo. Nici eu nu sunt nebun, nici el n-a scris un op de mântuială, compromis. Magistrul nostru pute de talent iar eu apreciez şi, deferent, îmi scriu aici părerea, tot cu har, că doar sunt Donchi din Dejagaskar.

Problemele pe care le-a tratat ca un iniţiat şi inspirat sunt mult prea grave pentru a vedea în carte o penibilă peltea şi sunt esenţiale pentru noi, captivii-n murdărie şi gunoi. Şi sunt prioritare, mai ales că guvernanţii n-au vreun interes să le rezolve, că nu vor, nu pot, atâta timp cât ei se ling pe bot cu marafeţii lor aşa murdari de politicieni şi panglicari.

Iubiţi contemporani, dac-aş putea să fac, cum mă exprim fără perdea, pe ticăloşi i-aş duce la canal, să vadă şi ei, simplu şi banal, cum e să mori cu zile, umilit de-un caraliu mârlan şi împuţit. Şi-n ocnele de sare mi-ar plăcea să-i văd îngenunchind, în puşca mea, cum se închină unui Dumnezeu indiferent, pentru c- au dat de greu.

♦♦♦

Cele două-trei pagini de mai sus, trimise la rev."Singur" şi publicate, le-am trimis apoi şi lui Doru Moţoc care n-a întârziat cu răspunsul, ţinând să mă laude, cum o face el deobicei. Citez ;"Mi-au plăcut textele tale. E acolo o profundă sensibilitate poetică de cea mai aleasă stirpe, dar şi vehemenţă civică neînduplecată...".

Rămâne să primesc răspuns şi de la Manuela, care m-a avertizat deja că o va face într-un moment de linişte.

Pentru că în ultimele zile vremea a fost atât de mohorâtă şi nestimulatoare, mai urmăresc câte-un film cu cazuri deosebite care-mi declanşează glandele lacrimale şi ritmul crescut al bătăilor inimii. Doamne, câtă suferinţă şi durere pe pământ ! Te îngrozeşti. Nu e de mirare că-mi vin pe buze asemenea versuri.

Oricât ai aparţine ăstei lumi
Prea multe nu e cazul să-ţi asumi
Nici să te vrei eroul preferat
Într-o comunitate de rahat.
Cum ai putea să supravieţuieşti
Cu-atâtea întâmplări absurd-groteşti
Care te bombardează ne-ncetat
Şi te fărămiţează la ficat ?
Trăind cu-o empatie sans reproche
Ţi-asiguri singur arderea la coş
Şi cine să mai fie cronicar
Dacă nici Donchi din Dejagaskar ?

♦♦♦

Iar catrenul ce urmează se potriveşte exact ca bomboana pe colivă.
Ori în palat maharajahian

149

Ori în bordeiul cel mai prăpădit
Te îndumnezeieşti cotidian
Sau de Satana eşti îmbrobodit.
                              Pam, pam !
                    ♦♦♦
Mi se dictează versuri. Eu numai le transcriu. O fi
sau nu de bine ? Nu ştiu şi e târziu.

        Când îngheţăm cu jarul stins din vetre
Şi-atâta sărăcie-n bătătură
Cum să-i mai înţelegi pe cei ce fură
Şi ce plăcere să mai ai, cumetre ?
        În zilele de graţie
        La credincioşi, chiar la atei
        Parcă un demon intră-n ei
        Şi-i bagă-n fibrilaţie
                    ♦♦♦

               LA CABINETUL MEDICAL

     Ce vis ! Se făcea că mă aflu într-o cameră destul
de încăpătoare din fostul cabinet medical al unei clădiri
dezafectate, din unitatea în care cândva lucrasem, cu
mai mulţi indivizi de ambele sexe, aşteptând liniştiţi pe
fotolii. Nu era clar ce aşteptam.
     În faţa mea se tot foia o bătrânică simpatică şi
ochioasă. La un moment dat mi se adresează.
     -    Vai, ce coincidenţă, colega ! Amândoi purtăm
          flanele de aceeaşi culoare !
Într-adevăr, ambele flanele erau bleu marin.
     -Aşa e, doamnă ! i-am răspuns, şi, văzând cum
se tot foieşte de neastâmpăr, i-am spus, cu un sarcasm
bine temperat.
     -Da vă mănâncă, nu glumă ! Vreţi să vă
scărpinaţi ?

Bătrânica, nici una, nici alta, şi-a scos fulgerător flanelul şi a început să-şi scoată şi ciorapii, după care, ne-am trezit încleştându-ne şi trăgându-ne-o ca disperaţii, în văzul asistenţei înmărmurite. Tuturor li se zgâiau ochii, să le iasă din orbite.

Partida nebună nu a durat mult şi ne-am prăbuşit amândoi, unul peste altul, abia mai răsuflând, în aclamaţiile asistenţei.

Ca din senin, a apărut un domn care părea să fie conducătorul instituţiei, pentru că toţi cei din jur s-au ridicat în picioare, făcând plecăciuni .

-Bună, măi oameni ! Ei, cum a fost întâlnirea, v-a plăcut ?

-Plăcuuut ! au răspuns cu toţii, râzând, la unison.

-Înseamnă că iniţiativa noastră a fost benefică şi dă rezultate. Sper să vă mai vedeţi şi mâine şi în continuare! Niciodată nu e prea târziu!

Şi, cu un salut scurt, a ieşit şi s-a făcut nevăzut.

Nu pot analiza în nici un fel visul atât de stupid. Fapt este că noaptea mă trezesc, când şi când, cu daravela în stare de erecţie, obligându-mă să apelez la tot felul de imprecaţii.

♦♦♦

Cu căcăreze şi scăpăi
Scremuţi după câteva zile
Problema este groasă, băi,
Chiar de recurgem la pastile!
Iar de prostată, ce să spun,
E musai de trei ori pe noapte
Să merg la baie, de nebun,
Slujind organele-mi inapte.
Poate-i jenant cum mă exprim
Pentru persoane cultivate
Dar este cert că unanim
Vor fi, la rându-le,-ncercate.

◆◆◆

L-am sărbătorit pe Cătălin, la semicentenar, în familie. Cu îmbrăţişări, sărutări, cadouri şi urări. Cu un prânz adecvat pentru situaţie, nici prea-prea, nici foarte-foarte. Seara, toţi trei, Cătălin, Gabi şi Andu, au petrecut cu finii la Hanul Berarilor. Eu, ca de obicei, mi-am văzut de ale mele, cu lecturi, televizor şi reflecţii. Pe la orele douăzeci am primit un telefon de la Silvica, cumnată-mea de la Constanţa, care i-a urat lui Cătălin şi întregii familii.

Mi-a telefonat şi colega mea Mariana Florea, să ne facă urări. Drăguţă.

După ce am băgat-o pe Lea în casă, plimbată şi cu burta plină, în jurul orelor unsprezece m-am culcat. Ca, pe la douăsprezece noaptea, să mă trezesc cu Andu, revenit din oraş, şi să asistăm neputincioşi la dezastrul bradului căzut, cu globurile şi stelele vraişte pe jos. Negăsind nicio soluţie să-l aşezăm la loc, a trebuit să-l susţinem până au revenit Gabi şi Cătălin, după ce le-a telefonat Andu. Cu chiu, cu vai, împreună l-am instalat la locul lui, urmând ca aranjamentul să se facă a doua zi.

Din păcate, datorită faptului că fiul meu a cam făcut excese de ziua lui, dar nu numai din cauza aceasta, ci pentru că are o sensibilitate la stomac, nu s-a simţit bine şi a trebuit să se doftoricească.

Astăzi, Cristi Vlad din Curcania, nepotul meu, împlinind nouăsprezece ani de viaţă, i-am telefonat şi i-am urat La mulţi ani, sănătate şi toate cele bune.

Urmează să vedem cum vom sărbători Crăciunul.

Am fost şi la Policlinică să-mi iau reţeta, dar aceasta era închisă. Mi-am luat doar Aspenter de la farmacie.

Bine că s-a mai încălzit şi soarele generos
luminează pământul.

◆◆◆

Nu ştiu ce mi-a venit că, amintindu-mi de o
deplasare cu vărul meu Florin Vlad şi cu poeţi din
Bucureşti la o manifestare ce avea loc la Bălceşti,
jud.Rm.Vâlcea, am scris o pagină despre acel
eveniment, cu titlul „Un moment literar", pe care am
trimis-o rev „Singur" şi rev."Destine literare" din
Montreal-Canada.. Textul a fost publicat imediat în
rev."Singur" iar din partea rev."Destine literare" mi-a
răspuns d-na Maria Petrescu, redactor-şef, care m-a
întrebat dacă doresc ca textul să fie publicat în revistă
şi mi-a cerut şi o poză. I-am trimis poza doamnei
Petrescu iar textul publicat în rev."Singur" l-am
redirecţionat şi către câţiva apropiaţi. Sper să-l reproduc
şi aici. Deocamdată nu am chef, aflându-ne în a doua zi
de Crăciun.
Dar, pentru că a venit pe la mine Cătălin, l-am rugat şi
mi-a adăugat el textul aici.

UN MOMENT LITERAR
(de pomină, pentru mine)
Bunului nostru confrate canadianizat
amărăşteanului Alexandru Cetăţeanu

Mica noastră poveste se întâmplă prin anii
şaptezeci ai secolului şi mileniului trecut. Anul exact, din
păcate, nu-l mai reţin.
Vărul meu bun Florian Vlad, absolvent al
Facultăţii de Filologie din Bucureşti, secţia Clasică, era
secretarul literar al revistei „Manuscriptum", care-şi
avea sediul în incinta Muzeului Literaturii Române de

153

pe B-dul Dacia, se afla în bune relaţii cu scriitorii, în special cu poetul Virgil Carianopol şi cu istoricul Vasile Netea, şi obişnuia să freventeze localul Uniunii Scriitorilor de pe Calea Victoriei, unde putea servi o masă bună cu licorile corespunzătoare dar şi să savureze atmosfera locului şi, eventual, să poarte discuţii cu unul sau altul dintre scriitorii prezenţi.

La un moment dat Uniunea Scriitorilor a organizat o acţiune în comuna Bălceşti din judeţul Rm .Vâlcea la care au fost invitaţi, pe lângă poeţii din Bucureşti şi alţi scriitori, printre care criticul Cornel Regman, sau tineri cântăreţi în afirmare ca Nicu Alifantis.

Nu ştiu ce demersuri şi către cine va fi făcut vărul meu, că am fost invitat să merg şi eu la acea manifestare.

Deplasarea s-a făcut cu două-trei autobuze. Mi-amintesc că eu mă simţeam destul de stânjenit, necunoscând pe nimeni din jurul meu. Cum mă aflam în vecinătatea lui Nicu Alifantis şi a lui Cornel Regman, mi-amintesc cum, la un moment dat, mi-am îngăduit să-i atrag atenţia lui Alifantis, care povestea că recitase o poezie în vogă de Geo Dumitrescu, că versul „Şi eu cu soarta asta mă împac", trebuie recitat cu accentul pe soarta asta şi nu pe cuvintele finale mă împac, cum făcuse el. Tipul s-a uitat cam nedumerit şi chiorâş la mine, după care, după câteva momente de reflecţie, a acceptat să-mi dea dreptate.

Pe tot traseul Bucureşti-Bălceşti m-am simţit ca un străin în mijlocul tinerilor entuziaşti şi gălăgioşi din autobuz.

Ajunşi la destinaţie, mi-amintesc că evenimentul avea loc într-o sală în care n-am intrat, m-am ţinut la distanţă, considerând că sunt un simplu intrus neavenit. Acolo se servea şi o masă la care participau invitaţii.

Nesimţindu-mă în toate apele mele, am ieşit în curtea din spate şi, ce să vezi ? Poetul Io(a)n Alexandru, răsfăţatul momentului, venit cu tot familionul, cu cei trei-patru copii, bătea exaltat pământul într-o horă românească de zile mari în aclamţiile asistenţei.

Mă uitam la el şi nu puteam pricepe cum poate fi atât de entuziast şi participativ într-o ţară captivă unei dictaturi deşănţate şi nemiloase în care se murea de boli şi de foame.

Pot sta mărturie afirmaţiilor mele impresiile confratelui şi bunului meu prieten Doru Moţoc care e posibil să mai păstreze o poză cu mine şi vărul meu Florian, în care eu purtam un costum în carouri, destul de atractiv.

Nici nu-mi mai amintesc cum ne-am întors la Bucureşti din acea deplasare de pomină, în care, neînregimentat în Uniunea Scriitorilor şi în nici un alt grup, m-am simţit ca un străin într-o ţară străină. Şi mă minunez şi-i mulţumesc Celui de Sus că am supravieţuit.

◆◆◆

L-am revăzut cu plăcere la emisiunea „Realitatea spirituală" pe îndrăgitul actor Dorel Vişan, vorbind ca un veritabil iniţiat. Dar când a început să recite o poezie despre Horia, Cloşca şi Crişan de porcobardul Adrian Păunescu am schimbat imediat postul. Nimeni şi niciodată nu va reuşi să mă determine să-mi schimb opiniile despre acest om, pe care, din nefericire, mi-a fost dat să-l cunosc ca pe un neîntrecut răsfăţat al regimului comunist, oricâte argumente contrare mi s-ar aduce.

◆◆◆

Cu o intrigă laborios concepută, ingenios desfăşurată şi fericit rezolvată, filmul american „Good

Will Huntington", lansat în 1997, regizat de Gus Van Sant , cu un scenariu creat de Matt Damon şi prietenul lui din copilărie Ben Afleck, care sunt şi interpreţi împreună cu Robin Williams, Minie Driver şi Stellan Skarsgaard, e drama unui tânăr geniu cu probleme care, în final, cu ajutorul unui profesor şi al unui psiholog, îşi găseşte calea şi liniştea.

L-am văzut a doua oară, cu aceleaşi emoţii ca prima oară, fiind un subiect ca un uger de vacă, din care ai ce mulge. Actorii au jucat excelent, reuşind să ajungă la inima (tele)spectatorului şi să creeze un siaj asemenea unei comete.

◆◆◆

Dacă tot vorbim despre genii, am deosebita plăcere şi onoarea de a face cunoscute şi pe această cale realizările de excepţie ale unor eleve româncuţe din Constanţa.

Ana Maria Păpurică, elevă de 16 ani de la Liceul Ovidius a participat la un concurs al NASA, şi a primit premiul III pentru proiectul unei nave spaţiale cu capacitatea de 7000 de oameni.

Elevele de 17 ani Bianca Maria Cosma şi Mihaela Constantinescu, tot de la Liceul „Ovidius"-Constanţa, au primit marele premiu NASA în cadrul competiţiei "Space Settlement Design", la care au participat 10.000 concurenţi cu 2500 de proiecte, pentru proiectul „Cicada".

Pe lângă acestea au mai fost premiaţi încă vreo patru-cinci elevi constănţeni, ceea ce dovedeşte că aici se face carte serioasă cu excelente rezultate, într-o vreme când în ţara noastră educaţia se află la pământ şi încearcă tot felul de proiecte pentru a se redresa, eşuând de fiecare dată.

◆◆◆

Am primit rev."Destine Literare" pe dec.2018 şi sunt bucuros că am fost onorat cu trei poezii, la pag.75.Se putea să fie mai multe, după cum la fel s-ar fi putut să nu fie niciuna.

Am aflat totodată că noul redactor şef va fi doamna Maria Petrescu, care semnează Muguraş Petrescu Vnuk, fiind şi traducătoare.

E o plăcere să parcurgi paginile revistei, asezonate cu fotografii şi picturi foarte frumoase.

◆◆◆

Curios să ştiu care mai e soarta „Vrăbiuţei", i-am dat un telefon. E fantastic şi incredibil cum această atât de fragilă făptură, de optzeci şi patru de ani, poate face faţă grelei misiuni de a îngriji de soţul bolnav, ajuns în stadiul terminal de legumă. Căruia i se face baie în cadă de către nepotul care vine săptămânal şi-l scaldă, ţinându-l în braţe, în poziţie verticală, pentru a-l putea spăla pe tot corpul.

Vrăbiuţa nu se plânge de viaţa ei crucificată cât de faptul că e singură, nu mai are pe nimeni, până şi o vecină cu care se înţelegea perfect şi-a vândut apartamentul şi a plecat în altă parte, numai să scape de vecinii scandalagii care o terorizau.

Urările noastre pentru Anul Nou au fost cât se poate de reţinute, realizând că nu are nici un rost să ne prostim cu entuziasmele.

◆◆◆

Nu obosesc să pun cap la cap faptele de viaţă, să le analizez la rece şi să trag concluzii de un fel sau altul, care mă menţin pe linia de plutire sau mă periclitează. Şi constat că oricâte evenimente terifiante şi pustiitoare, oricâte dezastre, oricâte boli şi epidemii s-a produce, oricâtă moarte, omul dispune de resurse inimaginabile pentru a le surclasa, a supravieţui şi a merge mai departe, cu forţe sporite şi noi idealuri.

157

Nu e deloc exclus să mă repet şi să reiterez aspecte relatate în însemnările mele, dar mi se pare extrem de important să semnalez actualitatea şi permanenţa lor pentru luare aminte şi a se proceda în consecinţă.

Numai în ultimele zile am văzut câteva filme edificatoare pentru a trage o concluzie sau alta, în funcţie de firea omului, mai slabă şi uşor influenţabilă sau mai puternică şi tenace. „Misiune mortală" cu Tom Cruise, „Povestiri despre Ţinutul de nicăieri" cu Jhonny Deep şi Natalie Portman, „Camera nr.1600" cu Wesley Snipes, sunt numai câteva dintre nenumăratele care se derulează pe micile ecrane şi pot afirma că impresiile şi emoţiile pe care le produc sunt relevante şi edificatoare.

Spiritele mai labile şi credule, în urma tuturor acestor fapte de viaţă, sunt înclinate să îmbrăţişeze partea goală a paharului şi să ajungă până la depresii şi disperare, considerând că viaţa este o incomensurabilă tragedie în care zbaterea omului nu are nicio ieşire.

Spiritele temeinic structurate, energice, active şi creatoare, îmbrăţişează partea plină a paharului şi văd în toate acestea noi şi noi motive de rezistenţă, luptă şi afirmare.

Fragilitatea balanţei dintre cele două aspecte nu poate fi tăgăduită, iar pe mine, unul, m-a balansat în repetate rânduri, când într-o parte, când în cealaltă, ajungând, slavă Domnului, în stare de funcţionare până la această venerabilă vârstă.

Spiritele mai reticente şi susceptibile mi-ar putea reproşa faptul că ofer, pro domo, exemple din filme şi nu din viaţă. Dar, să ne fie cu iertare, fantezia, inspiraţia şi ficţiunea nu fac parte tot din arsenalul existenţei, nu sunt tot fapte de viaţă ? Cine ar putea crea măcar un fir de praf dintr-un univers vid, al nimicului ? Aşa că afirm şi repet retoric, nimic nu se naşte din nimic. Şi-atunci, despre ce vorbim ? Şi de ce ?

♦♦♦

Întrucât e salvat în calculator şi am fost curios să văd şi să-mi amintesc ce am scris, am recitit volumul „Eternitate", tipărit de Editura „Armonii culturale" din Adjud.

Totodată, descoperind unele greşeli, am făcut şi errata.

Fără falsă modestie, pot afirma că, dacă textul meu nu e atât de orbitor ca al preafericitului Mircea Cărtărescu, nici anost şi plictisitor nu este. Eu, autorul lui, l-am citit cu plăcere de la cap la coadă, fapt ce m-a determinat să-l trimit, împreună cu „Errata", noului redactor-şef al revistei „Destine Literare" din Montreal-Canada, doamnei Maria Petrescu, pentru a afla dacă şi dumneaei i-a plăcut.

♦♦♦

Ei bine, doamna Muguraş Maria Vnuk alias Maria Petrescu mi-a răspuns, motivând că e supraîncărcată şi nu-mi poate satisface dorinţa de a-mi citi cărţulia, repetându-mi că voi fi onorat cu poezii în numărul pe martie 2019.

I-am explicat şi eu de ce i-am trimis cartea, referindu-mă la faptul că timpul nu prea mai are răbdare cu expiraţi ca mine şi rugând-o să mă creadă că nu e în intenţia mea să-i forţez mâna cu produsele mele

Distinsa doamnă mi-a răspuns că nu e cazul să-mi cer scuze şi-mi recomandă să pregătesc texte pentru următoarele numere ale revistei.

♦♦♦

Văzut-am Cercul literar Jane Austen pentru a doua oară, curios să aflu treaba asta cât mă costă-n ideea că petrecem cu folos.

Când colo, ce să vezi ? O sclifoseală a câtorva femei ce-au încercat în fel şi chip să scoată la iveală un autor englez clasificat

Şi dând viaţă unor sentimente din cărţile pe care le-a compus, să ne convingă că e realmente un virtuos al erosului spus.

S-au strǎduit duducile să lase impresia că vor fi şi trăit asemeni eroinelor fiţoase. S-au strǎduit, dar cât au reuşit ?

Aici ni se iveşte o dilemă, şi nu ştiu cât de greu e s-o dezlegi. Din cauza aceasta eu mă tem, mă, că nepătrunse sunt aceste legi.

Şi-s prea puţini în stare să ne facă să înţelegem ce s-a petrecut cu dragostea. Cu parcă... şi cu dacă...rămânem cum am fost şi în trecut.

◆◆◆

E un păcat şi-o mare nedreptate că versurile mele inspirate din clipele-nainte de culcare se pierd din vinovata-mi delăsare.

Când le concep, vibrez cu-o bucurie sadea pe care nimeni nu mi-o ştie şi-ncredinţat că o să le ţin minte, mă culc şi-adorm ca unul fără minte.

A doua zi când mă trezesc, stupoare ! niciunul dintre versuri nu apare, şi-aşa realizez că sunt, probabil, delăsătorul irecuperabil.

E inutil iluzii a-mi mai face că voi salva, solvabil şi tenace, creaţiile dinspre insomnie, e inutil, e-o pură utopie.

◆◆◆

Dacă tot nu mai scriu ceva remarcabil şi-mi irosesc mare parte din timp cu versurile de două parale, mă resemnez să văd filme. În fiecare zi-seară cred că văd câteva, pe care le uit repede, altele luându-le locul

Dar astăzi m-am regalat cu filmul „Crimă sub soare", după un roman al Agathei Cristie, în regia lui

160

Guy Hamilton, cu actorii Peter Ustinov, Jane Birkin şi Colin Blakely.

Şi mă minunez încă odată de capacitatea geniului creator, în primul rând de a scriitoarei, apoi a regizorului şi bineînţeles a actorilor, care dau viaţă povestirii. E uimitor cum se prezintă acest puzzle consistent, cu o intrigă atât de laborioasă şi o construcţie ireproşabilă. Întreaga desfăşurare a filmului, modul cum se produce crima de pe insulă şi cum se pun cap la cap toate elementele povestirii, cu atâta minuţiozitate, asemenea refacerii unui ceas din toate părţile sale componente, şi rezolvarea strălucită a cazului de către inegalabilul detectiv Henry Poirot, te lasă cu gura căscată Nu poţi să nu acorzi întregii creaţii cinematografice binemeritata distincţie „Magna Cum Laudae". O merită din plin şi-ţi face o mare plăcere să vezi filmul dar şi să scrii măcar câteva rânduri despre el. Regret enorm că nu sunt un critic veritabil, cu studiile adecvate, pentru a prezenta situaţia în toată splendoarea şi articulaţiile ei.

♦♦♦

Pentru că astăzi se împlinesc 169 de ani de la naşterea poetului nostru naţional Mihai Eminescu, încă de aseară am conceput o poezea pe care i-am dedicat-o şi am trimis-o rev. „Singur", care mi-a şi publicat-o.

Trimisă apoi câtorva apropiaţi, nepoata mea Manuela Samargiu din Constanţa mi-a răspuns, urându-mi să fiu tot atât de inspirat şi activ ca şi până acum. Ei, tocmai asta mă nelinişteşte, că nu ştiu cât de inspirat mai sunt. Oricum, sunt împăcat că mi-am făcut datoria şi n-am lăsat să treacă această zi, în care se sărbătoreşte cultura română iar Matei Vişniec primeşte premiul la poezie pentru „Opera Omnia", fără a mă fi produs şi eu cu ceva. Vivat Spiritul nostru divin !

♦♦♦

Dacă tot ne aflăm la capitolul Poezie e cazul să remarcăm prezenţa pe micul ecran a Încântătoarei Doamne a Liricii Române ajunsă la apogeul creaţiei poetice, când e tradusă în nu ştiu câte limbi, ţine să mărturisească telespectatorilor că e mai bine primită în afara hotarelor şi se prezintă într-o formă şarmantă şi prosperă. Nimeni altcineva decât veşnic-răsfăţata noastră poetă Ana Blandiana. Toată lumea cunoaşte că e şi o dedicată activistă civic, fiind şi (co)fondatoare a Alianţei Civice şi a Memorialului Deţinuţilor Politici din Sighetul Marmaţiei. Se poate afirma că a avut un traseu existenţial demn de invidiat, cum puţini dintre semenii noştri au avut.

Dar, spre plăcuta noastră surpriză, iată că şi romancierul Nicolae Breban este sărbătorit cu fast la vârsta de optzeci şi cinci de ani. Şi acesta a reuşit să-şi încununeze cariera (brrr!) cu distincţii şi onoruri pe deplin meritate, până la titlul de academician. L-am văzut şi pe el, la fel de şarmant şi prosper ca marea noastră poetă.

Şi, pentru că nu suntem zgârciţi cu aprecierile şi laudele, avem parte de o nouă surpriză. Poeta ce crease limba spargă şi locuieşte-n State la New-York apare într-un film făcut să-i spargă pe şmecherii ce spatele-i întorc. De vină este miss Mona Nicoară, o regizoare ce s-a stabilit, ca şi poeta, într-o altă ţară, unde talentul nu e umilit. Aşa că şi „Răţuşca cea urâtă", cum gratulată-i Nina Cassian , va fi omagiată şi văzută de-ntregul nostru neam reptilian.(Scuze, n-am găsit altă rimă !)

Spune şi despre tine ceva, dacă ai ce, drăguţule don Pedro ! Pe ce orbite s-au învârtit stimabilii şi onorabilii de mai sus, pe ce orbită agonizezi tu de o viaţă ! Dar, dacă aşa sunt orânduite lucrurile, de ce să-L mâniem pe Cel de Sus ? Nici tu nu ai dreptul să te plângi, precum muritorii cei mai oropsiţi de soartă. Ce-i al tău, e pus deoparte, singular şi fără moarte.

♦♦♦

Omagiatul academician Nicolae Breban a fost invitatul canalului „Realitatea TV", moderat de Octavian Hoandră.

Mi-a plăcut la el faptul că se ţine încă bine, vorbeşte coerent şi logic, are nerv şi talent în a pune accentul pe aspectele pe care le consideră mai importante şi se vede că are o mare plăcere să ţină discursuri şi să fie ascultat.

În discursul ţinut, pe lângă faptul că a ţinut să sublinieze că maestrul său este scriitorul rus Dostoievski, a făcut referiri la scriitorii importanţi pe care i-a studiat şi i-au înrâurit creaţia, începând cu Homer şi Ovidiu, şi continuând cu scriitorii ruşi Gogol, Turgheniev, Dosto, Lermontov, Puşkin, cu germanii Nietzsche,Thomas Mann şi Goethe şi cu englezul Lawrance. A făcut, printre altele, referiri şi la Freud şi Yung.

Pe lângă diferitele observaţii critice făcute, maestrul a deplâns starea de fapt a lucrurilor din ţărişoara noastră, considerând că e un păcat capital faptul că bătrânii nu mai sunt consultaţi în marile probleme ale societăţii şi prezentând şi pilde în acest sens.

Mi-a plăcut îndeosebi în pledoaria lui incriminarea vehementă a regimului comunist pentru distrugerea satului românesc şi a ţăranului, factori de prim ordin în existenţa şi susţinerea societăţii româneşti.

Vorbind despre vinovăţie, cea individuală şi colectivă, scriitorul a prezentat cartea „Vinovaţi fără vină", în care tratează acest important subiect, analizându-l pe toate feţele şi ajungând la concluzii de tot interesul.

Una peste alta, a fost o emisiune reuşită, în care nu m-am plictisit şi care ar fi de dorit să se repete cât mai des, cu cât mai mulţi invitaţi de onoare. Că nu ducem lipsă, slavă Domnului .

◆◆◆

Acum, că nu mai reuşesc să-mi editez o carte, după toate demersurile întreprinse, am sentimentul că sunt condamnat la moarte. Şi n-are importanţă că însemnările mele nu interesează pe nimeni, dar nici pe acestea nu le mai pot continua. Timpul creaţiei şi scrisului a fost cucerit de irosirea fără frontiere în derizoriu. Zilnic pierd ore bune cu tot felul de activităţi mărunte prin curte, ca adunatul frunzelor, smulgerea unor cuiburi de iarbă care se extinde ca pirul, punerea lor în saci sau în pubelă, etc.,etc.

Daimonul meu scutier îmi şopteşte
　　　　Tu, dincolo de bine şi de rău
　　Ar trebui să fii cu duhul tău
　　Ca să rezişti dezastrului total
　　Întreg şi demn, real şi virtual.
　　　　Necondiţionat în nici un fel
　　Să rătăceşti precum un Ariel
　　Şi universul să ţi-l dichiseşti
　　Exact aşa cum vrei şi îţi doreşti.
　　　　Cu modul tău de-a fi, neîngrădit
　　De nimeni, practic îndumnezeit,
　　Iubirea să-ţi reverşi mirobolant
　　Peste eternitate şi neant.

O, Doamne, iar am luat-o razna! Iar mă prostesc! Ia să mă opresc !

◆◆◆

Având atâtea ocazii să văd şi să înţeleg, cât de cât, complexitatea unică şi grandoarea intangibilă a creierului uman care rămâne, totuşi, un miracol inextricabil, nu pot să nu emit ipoteza conform căreia organul nostru esenţial este însuşi universul infinit reprodus la scară redusă, omenească. Dacă cineva poate aduce contraargumente solide şi credibile, eu mă înclin smerit, cu toată deferenţa.

Aseară am prins, după vizionarea filmului „Maratonistul" cu Dustin Hofmann şi Lawrance Olivier, ultima parte a emisiunii Românii au talent, unde am avut norocul să văd o fetiţă fenomenală de numai zece ani care, cu un profesionalism şi o graţie desăvârşită, a impresionat publicul, obligând pe un membru al juriului să apese pe butonul goldenbuz, care o trimite direct în semifinală. A fost un adevărat delir general, fetiţa fiind atât de emoţionată şi fericită încât a declarat că simte cum îi iese sufletul.

Am văzut atâtea filme documentare şi artistice unde Madagascarul este prezentat ca un ţinut exotic fabulos, încât mi-am amintit că nu de pomană mi-am numit locul de reşedinţă Dejagaskar,

Eu am creat, cu dragoste şi har,
Din locul unde veşnic sufeream
Mirificul tărâm Dejagaskar
Spre bucuria-ntregului meu neam.
Odată stabilit, m-am străduit
Din răsputeri, în fel şi chip, constant
Să îi confer un mod de jinduit
C-un nimb strălucitor de diamant.

165

Am revăzut în aceeaşi seară două filme extra. „Forest Gump" şi „Pielea în care trăiesc".

Regizat de Robert Zemeckis, cu actorii Tom Hanks, Robin Wright, Gary Sinise, Mykolh Williamson şi Sally Field, filmul „Forest Gump" a fost nominalizat de 13 ori pentru Oskar, dintre care a primit şase premii, pentru valoarea sa de patrimoniu.

Filmul „Pielea în care trăiesc", regizat de Pedro Almodovar intră în categoria filmelor de artă excepţionale, cu scene puternice şi revelatoare, cu un impresionant impact emoţional, dar, trebuie să mărturisesc că „Forest Gump" e cel ce-mi rămâne în suflet, ca o realizare de zile mari, extraordinară. Ca şi în alte roluri, din alte filme, Tom Hanks a strălucit şi de data asta, depăşindu-se pe sine.

◆◆◆

Ce e mai dureros decât să vezi
Că toţi ai tăi s-au dus şi te lăsară
De unul singur printre huhurezi
Că s-a distrus şi casa de la ţară
Câtă tristeţe poţi să mai înduri
Însingurat ca Francisc din Assisi
Un surogat al propriei făpturi
Visând zadarnic la Prinţesa Sisi
E dureros cum nu-ţi imaginezi
Şi este trist cât nici nu mai încape
Când ca-n povestea Capra cu trei iezi
Doar moartea dă târcoale pe aproape
Şi nu mai ai iubirea cui s-o dai
Cu cine să împarţi a ta durere
Poate să fie lumea ca un rai
Zadarnic, dispariţia te cere.

◆◆◆

Dragii mei convivi, rămaşi singuri în durerea voastră,

În lungile mele agonii solitare, mă gândesc la voi, cei apropiaţi şi încerc să mă transpun în pielea voastră, pentru a realiza tot dramatismul şi eroismul existenţelor voastre.

E copleşitor, extrem de dureros şi de trist. Şi, totuşi, cu credinţă şi stoicism, rezistaţi, vă duceţi zilele în continuare, ca nişte umbre ambulante de care nimeni nu mai are nevoie, cu demnitate şi curaj. Vă voi lua pe rând, cu răbdare şi empatie.

Ţaţă Fănico, mai mare decât mine doar cu vreo trei ani, parcă te văd cât de mult poţi suferi, într-o casă unde nu mai eşti dorită şi eşti respinsă şi umilită în fel şi chip. Grobianul malac care te hărţuie nu se gândeşte că şi el poate ajunge într-o situaţie similară, umilit şi obidit de cei din jurul său. E scandalos, dar ce putem face decât să ne rugăm Celui de Sus, resemnaţi şi cu credinţa că le vede şi judecă pe toate.

Vere Tudorică, rămas singur după decesul soţiei, ai mare noroc că fata cu ginerele au grijă de tine şi vin săptămânal din Olteniţa fie să te ia la ei, fie cu mâncare pentru zilele următoare. Dar tot singur eşti, cu cei doi căţei care te mai scot din amorţeală. Ai grijă de tine, dragă vere, că la vârsta noastră se petrec multe şi extrem de rapid !

Culiniţo, când mă gândesc la tine, rămasă singură într-o casă cu o curte atât de mare, la colţ de stradă, fiind nevoită să faci faţă tuturor cerinţelor, mă apucă damblaua. N-am cum să te ajut, nu sunt în stare de deplasări, mi-e milă de tine, îţi telefonez şi eu din când în când să mai schimbăm câteva vorbe.

Fănică, greu trebuie să-ţi mai fie, fără nevastă, şi cu piciorul beteag ! Nu ştiu cât te va putea ajuta progenitura ta care s-a îmbârligat cu un străin şi colindă Europa. Vere, doar cu gândul la tine, ştiu că nu pot să te ajut, dar câte-un telefon din când în când, tot pot să-ți dau. E tot ce pot face.

Dragă Lenuţo, după ce că eşti bolnavă şi ţi-a fost extirpat un sân, acum eşti nevoită să faci toate pomenile pentru vărul meu Miticuţă, care te-a părăsit şi să-ţi duci viaţa mai departe de una singură. Te felicit că ţi-ai luat cei doi căţei care-ţi vor îndulci cât de cât existenţa. Ai grijă de tine !

Am ajuns şi la Constanţa, unde altă dată eram primit ca un rege de fratele meu Geo. Acum, Silvico, şi tu operată, îi supraviețuieşti şi te zbaţi să-i faci toate pomenile creştineşti. Parcă te văd cât de greu te deplasezi, suferind şi de picioare. Au rămas doar convorbirile telefonice care ne amăgesc că am continua viaţa şi totul ar fi OK.

Ce să mai spun despre tine, Mache, care cu bravură îţi continui viaţa solitară în Hârşova, unde au locuit Geo şi Silvica. Eşti, fără să exagerez, o adevărată eroină. Mă tot întreb cum de ai rezistat atât amar de timp fără s-o iei razna. Uite că se poate !

Am trecut fugitiv în revistă doar rudele cele mai apropiate. Şi realizez câtă durere şi suferinţă este în jur. Dar, extrapolând, la dimensiunile întregii ţări, vă daţi seama ce ravagii poate face singurătatea ? Eu, unul, mărturisesc că am devenit expert în domeniu. Dar, facă-se voia Celui de Sus ! De mult m-am împăcat (?!?) cu situaţia asta.

◆◆◆

Dacă toate demersurile mele către edituri pentru a mai scoate o carte rămân fără ecou, ce-aş mai putea face ? Nimic. Eu nu sunt dispus să-mi irosesc mii de lei pentru un tiraj mai mare iar cărţile să-mi rămână în stoc. Înseamnă că până aici mi-a fost iar a mă lamenta n-are nici un rost.

Până şi fătuca noastră Simona Halep care se afla pe locul doi în clasamentul WTA a luat-o pe coajă când nu s-ar fi aşteptat de la o cehoaică de doar nouăsprezece ani, urmând să coboare pe un loc inferior în clasament. Machedoanca a plâns de necaz dar merge mai departe. Viaţa nu se termină aici.

Mai trist şi mai dramatic pentru noi e războiul din politică, unde TBC-iştii (PSD-iştii) aflaţi la putere fac şi imposibilul pentru a subjuga şi cârmui Justiţia. E o situaţie incredibilă, care n-a mai fost, iar dacă aceştia vor câştiga, viitorul nostru e pecetluit, vom fi doar o turmă de sclavi a congregaţiei şobomanice totalitare.

♦♦♦

Revista „Helis" păstorită de stimabilul Gheorghe Dobre m-a onorat cu textul „Iarăşi împreună" în numărul din primul trimestru al anului 2019. Proza e dedicată bunului meu frate Geo Vlad care ne-a părăsit acum cinci ani, optând pentru o lume mai bună.

În ultima vreme am scris câteva poezii scandaloase, care contrastează cu tot ceea ce am creat, dacă nu făcând tabula rasa cu întreaga mea creaţie. Curios e faptul că nici nu le trimit spre publicare, nici nu le distrug. Ceea ce spune mult.

Dar, culmea, ca o bomboană pe colivă a venit discuţia cu bunul meu prieten de-o viaţă, M.B.Silu., aflat pe patul de moarte al unui spital renumit, din cauza unei boli necruţătoare. A ţinut în mod expres să mi se spovedească, nemaiavând pe nimeni din familie în viaţă.

-Îţi mulţumesc, amigo, că ai venit ! Simt nevoia imperioasă ca, înainte de obştescul sfârşit, să-mi descarc sufletul. Altfel n-aş putea muri.

Văzându-l cât de spectral se prezintă în aura sa luminoasă mă trec fiori reci şi încerc să bâigui ceva. Dar ilustrul personaj mă întrerupe cu delicateţe.

-Stai calm, prietene ! Ce vreau să-ţi spun nu e cazul să te surprindă. Ştii şi tu că celebritatea şi gloria obţinute cu creaţiile mele mi-au conferit cele mai înalte privilegii, de care m-am bucurat cum am ştiut mai eu mai bine. Trebuie să-ţi spun că, făcând un corolar, eu însumi sunt uimit de anvergura şi dimensiunile propriei creaţii, care, în ansamblul ei, ar putea crea iluzia că am privit omul şi umanitatea printr-o lentilă confortabilă, în măsură să le asigure unicitatea şi supremaţia în univers. Toată beletristica şi eseistica mea, toate studiile de prin reviste şi anale, converg spre această concluzie. Ei bine, dragul meu prieten, e cazul şi momentul să-ţi spun că lentila mea nu a fost cea mai bună, creaţiile mele, atât de prestigioase şi căutate, nu reflectă întocmai chipul realităţii şi astfel au putut induce idei şi credinţe false despre existenţă.

Prietenul de pe patul de spital îmi vedea mirarea de pe chip şi a continuat.

-Nu mi-e ruşine să mărturisesc acum că m-am înşelat şi m-am complăcut în ipostaza omului cu vederi optimiste, angajat să surmonteze toate obstacolele şi vicisitudinile. Ei bine, n-ar fi demn şi cinstit din partea mea să las umanităţii această impresie deformantă. Lucrurile se prezintă infinit mai complex şi complicat şi nicio bravură a geniului nu le poate circumscrie şi elucida în totalitate. Starea de lucruri actuală, atât de neverosimilă şi haotică, în pofida tuturor progreselor făcute, mă îndreptăţeşte să afirm că nimic din imaginea acestei lumi atât de bulversante nu-mi poate susţine viziunea şi optica de până acum, că peste toate se întinde discreţionar doar praful şi pulberea.

Am intervenit stângaci.

170

-Cum se poate ? Mi-a fost peste mână să spun, dar, să-mi fie cu iertare, şi eu mă îndrept spre final cu aceeaşi anihilantă impresie, prezentată şi în ultimele mele poezii.

-Păi vezi, amigos ? Optimismul nu poate rima cu momentele finale ale existenţei noastre. Ar fi o atitudine necinstită şi reprobabilă să plecăm de pe acest pământ, lăsând lumea să creadă în elucubraţiile noastre, oricât de savante şi cuceritoare. Acesta e şi motivul pentru care te-am rugat să vii la patul meu de suferinţă, şi-ţi mulţumesc din suflet că ai venit şi am avut cui să mă spovedesc. Acum poţi să pleci iar eu pot pleca liniştit.

Cu ochii în lacrimi, abia mai putându-mă stăpâni, l-am îmbrăţişat, ne-am sărutat şi am ieşit din salon ca o fantasmă beată, abia ţinându-mă pe picioare.

În acest timp lumea îşi vedea de ale ei, rostogolindu-se tot mai vijelios în prăpastie.

◆◆◆

.

Editura SAGA